모비
딕

일러두기

• 이 책은 Herman Melville, 『*Moby Dick*』(Project Gutenberg, 1991)을 참고했습니다.

Moby Dick

모비 딕

허먼 멜빌 지음

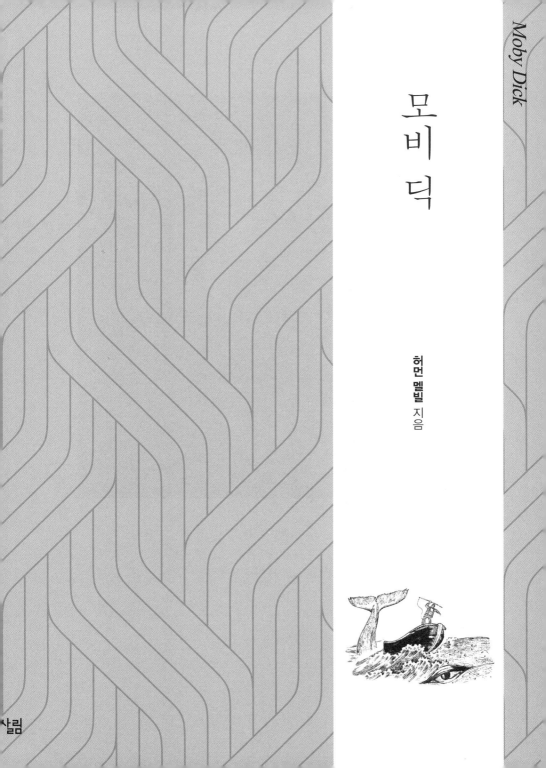

살림

허먼 멜빌

조지프 오리얼 이턴(Joseph Oriel Eaton)의 1870년 작품.

허먼 멜빌의 첫 번째 소설 『타이피』

허먼 멜빌의 첫 번째 소설 『타이피(*Typee*)』에 수록된 삽화. 멜빌의 초기 소설에서는 젊은 멜빌이 겪었던 풍부한 민주주의 경험과 독재 및 부정 행위에 대한 그의 증오심을 읽을 수 있다. 그의 첫 번째 책인 『타이피』는 남태평양 마르키즈제도에 살고 있는 타이피족과 함께 보낸 시절을 바탕으로 쓴 소설이다. 이 책은 식인종이지만 친절한 섬사람들의 자연스럽고 조화로운 생활을 찬미하며, 기독교 선교사들을 비판하고 있다. 멜빌은 원주민들을 개종시키러 온 선교사들이 실제로 원주민보다 더 미개하다고 보았다.

초판본 『모비 딕』

1851년 미국에서 출간된 초판본 『모비 딕(*Moby Dick*)』의 삽화. 『모비 딕』은 고래학과 포경업에 대한 멜빌의 치밀한 기록을 그대로 수록한 작품이다. 에이해브 선장이라는 강렬한 성격의 인물이, 머리가 흰 거대한 고래에 도전하는 내용을 담고 있다. 노 젓는 작은 보트로 고래잡이에 나서는 용감한 포경선 선원들의 생활을 생생하게 그렸다. 더불어 악·숙명·자유의지 등의 문제에 대한 철학적 고찰이 전개된다.

향유고래

산업혁명이 한창이던 1820년 11월 20일 태평양 한가운데에서 포경선 에식스호가 큰 고래와 충돌해 침
몰한 사건이 있었다. 멜빌은 이 사건에 영감을 받아 『모비 딕』을 썼다고 전해진다. '모비 딕'의 모델이 되
는 고래는 향유고래다. 아래턱에 이빨이 있는 이빨 고래 중 가장 큰 종으로, 최대 몸길이 20미터, 몸무게
가 수십 톤에 이른다. 몸 길이의 3분의 1 정도를 차지할 만큼 크고 뭉툭한 머리가 특징이다. 전체적인 몸
색깔은 어두운 회색 계열로 나이가 들수록 흰색에 가까워진다. 석유가 상용화되기 전에는 향유고래에서
나오는 기름을 주로 썼기 때문에 인간들은 향유고래를 무차별적으로 포획했다.

모비 딕 차례

제1장 신기루를 찾아

내 이름을 이슈마엘이라 불러주라. 몇 해 전—정확히 언제였는지는 중요하지 않다—수중에 돈도 거의 다 떨어지고 뭍에서는 별로 할 만한 일도 없어서 당분간 배를 타고 저 물로 이루어진 세상을 방문하리라는 생각이 들었다.

저기, 마치 인도양의 섬들이 산호초에 둘러싸이듯, 부두와 파도에 둘러싸인 맨해튼이 있다. 그리고 부두 방파제에는 바다를 응시하는 수많은 인파가 있다. 그리고 바다를 향해 다가오는 또 다른 많은 인파! 그들은 왜 바다를 향해 오는 것일까? 모두 뭍사람들인 저들은 도대체 왜 바다로 이끌리는 것일까?

건강한 신체에 건강한 정신을 가진 굳센 젊은이라면 거의 예외 없이 바다로 나가고 싶어 안달하게 되는 것은 무엇 때문일까? 난생처음 배를 타보았을 때, 이제 뭍이 보이지 않는 망망대해로 접어든다는 소리를 듣는 순간 묘한 전율을 느끼게 되는 것은 무엇 때문일까? 페르시아 사람들은 왜 바다를 신성시했을까? 그리스 사람들은 왜 바다의 신 포세이돈을 제우스의 형제로 만들었을까? 나르키소스는 왜 샘에 비친 자신의 영상을 잡으려다 물에 빠져 죽었을까?

우리는 그 나르키소스의 영상을 모든 강과 바다에서 다시 본다. 그것은 우리가 도저히 움켜잡을 수 없는 우리 인생의 환영(幻影)이며 동시에 모든 것을 풀 수 있는 열쇠이기도 하다.

나는 승객의 자격으로 바다에 나가겠다는 것이 아니다. 승객으로 배에 오르려면 지갑이 필요하고 빈 지갑이란 넝마 조각에 불과하다. 내가 바다에 나갈 때는 선원으로서인데, 그렇게 나가면 이리저리 뛰어다니며 정신없이 지내기 마련이다. 선장이 시키는 갑판 걸레질에 자존심이 상하고 몸이 고될 때도 많다. 아무리 그렇더라도, 앞 갑판의 맑은 공기를 쐬면 내 가슴은 후련해지고 고된 노동도 건강하게만 여겨진다.

그런데 이제까지 주로 상선(商船)에 올랐던 내가 이번에는 포경선에 고개를 내밀게 된 것은 무엇 때문일까? 아마 끊임없이 나를 감시하고 뒤따르며 내게 영향력을 발휘하는 저 운명의 여

신만이 그 질문에 답할 수 있으리라.

하지만 지금에 와서 모든 정황을 돌이켜보니, 수많은 가면을 쓰고 내게 나타나 내가 맡은 배역을 연기하게끔 한 동기와 원인을 조금은 짐작할 수 있을 것 같다. 그중 으뜸가는 동기는 거대한 고래 자체의 숨 막히는 이미지였다. 그 장엄하고 신비로운 괴물이 나의 호기심을 온통 흔들어 깨워놓았다. 그리고 섬처럼 거대한 덩치로 고래가 유유히 헤엄치는 저 먼바다, 고래가 초래할 수 있는 이루 형용할 수 없는 위험, 거기에 파타고니아 인근에서 들려오는 무수한 경이로운 목격담이 내 욕망을 들쑤셨다. 나는 금단의 바다를 항해하여 야만의 해안에 오르고 싶은 것이다.

이런 모든 이유로 인해, 나는 고래잡이 원정에 나서기로 기꺼이 마음먹게 되었다. 경이로운 세상을 향한 문이 활짝 열리자 내 공상 속에서 고래 떼들이 내 영혼 속으로 마치 행진하듯 줄지어 들어왔다.

제2장 '고래의 물기둥' 여인숙

나는 셔츠 한두 장을 가방에 쑤셔 넣은 다음 곧바로 혼곶과 태평양을 향해 출발했다. 나는 정든 맨해튼을 떠나 별 탈 없이 뉴베드퍼드에 도착했다. 12월의 어느 토요일 저녁이었다. 낸터 컷으로 향하는 작은 배가 이미 출발했고 월요일에야 다음 배편이 있다는 것을 알고 나는 크게 실망했다.

뉴베드퍼드에서 고래잡이 항해에 나서는 젊은이들도 많았지만 나는 굳이 낸터컷에서 배에 오르리라 굳게 결심하고 있었다. 이 유서 깊은 유명한 섬에 관한 이야기들에는 나를 유혹하는 기막히게 멋진 것들이 깃들어 있었다. 낸터컷은 바로 포경업의 발상지이며 죽은 고래를 아메리카 대륙에 제일 먼저 끌어올린 곳이다. 최초의 고래잡이 사냥꾼들인 이곳의 원주민 레드

맨들이 그 거수(巨獸)를 잡으러 제일 먼저 카누를 타고 나섰던 곳이 다름 아닌 바로 낸터컷이었던 것이다.

출항지에 이르기 전에 이곳 뉴베드퍼드에서 하룻밤과 하룻낮, 이어서 또 하룻밤을 지내야만 하게 된 나는 막연한 발걸음으로 서성일 수밖에 없었다. 무척이나 어둡고 황량한 밤이었으며 살을 에는 듯이 추웠다. 아는 사람이라곤 없었다. 주머니에는 달랑 은화 몇 닢뿐이었다.

내 발걸음은 본능적으로 바다 쪽으로 향했다. 아무래도 그쪽에 좀 지저분하긴 해도 대신 비싸지는 않은 여인숙들이 몰려 있을 것 같아서였다.

정말 황량한 곳이었다. 길 양옆으로 보이는 것은 집이라기보다는 그냥 시커먼 덩어리 같았고 어쩌다 보이는 램프 빛은 무덤을 떠도는 불빛 같았다. 계속 걷고 있자니 저 멀리 부두 가까운 곳에서 밖에 내건 희미한 불빛이 보이고 간판이 삐걱거리는 소리가 들렸다. 고개를 들어보니 흰 글씨로 보일락 말락 하게 '고래의 물기둥, 주인 피터 코핀(Coffin: 관)'이라고 쓰인 간판이 문 위에서 흔들리고 있었다. '코핀? 고래? 좀 불길한 조합이로군'이라고 나는 생각했다.

하지만 어쩌겠는가! 고래를 잡으러 나서면 이보다 불길하고 엉뚱하고 위험한 일은 얼마든지 겪지 않겠는가. 그러니 꽁꽁 얼어붙은 발에서 얼음일랑 털어내고 안으로 들어가 이 '고래의 물기둥' 여인숙이 어떤 곳인지 알아보기로 하자.

여인숙 안으로 들어가니 널찍하고 낮은 입구가 나온다. 낡은 벽면을 보니 낡아서 수리 중인 배의 뱃전이 떠올랐다. 한쪽 벽에는 거대한 유화가 걸려 있는데, 그림이 어찌나 그을리고 망가졌는지 몇 번씩 다시 찾아와 이웃에게 자문하는 등, 열성적으로 연구해야만 무엇을 나타내는지 알 수 있을 정도였다.

저건 돌풍이 휘몰아치는 한밤중의 흑해잖아. 아니야, 물, 불, 흙, 공기의 4원소가 화합하지 못해 싸움을 벌이고 있는 거야. 저건 말라붙은 히스 벌판일걸. 북극의 겨울 풍경 같은데……. 하지만 그런 모든 추측은 그림 한가운데 있는 커다란 검은 물체 때문에 벽에 부딪혔다. 얼핏 보면 물고기를 닮은 것 같기도 하고 그렇지 않은 것 같기도 하다.

결국 그림을 열심히 들여다보고, 이웃들에게 세심하게 물어본 결과 어렴풋이나마 이 그림을 이해할 수 있었다. 이 그림은 혼곶에서 강력한 허리케인을 만난 배를 표현한 것이다. 배는 이미 넘실대는 바다에 잠겼고 부서진 세 개의 돛대만 수면 위에 떠 있다. 성난 고래가 그 배를 뛰어넘으려다 그 거대한 몸이 세 돛대 머리에 꿰어버린 것이다.

입구 맞은편 벽에는 미개인들이 썼음 직한 기괴한 몽둥이와 창들이 잔뜩 걸려 있다. 어떤 것들은 반짝이는 이빨이 줄지어 박혀 있어 마치 고래 뼈로 만든 톱 같다. 또 다른 것들은 사람 머리카락으로 덮여 있다. 또 낫 모양으로 생긴 것은 그 긴 손잡이까지도 낫의 날처럼 둥글게 휘어져 있다. 그것들을 바라보고 있자니 소름이 돋았다. 얼마나 끔찍한 식인종 야만인이었기에 그토록 무시무시한 무기를 들고 죽은 자들을 거두러 다닌단 말인가! 그 모든 무기 사이에 녹슬고 망가지고 뒤틀린 고래잡이 창과 작살이 보였다.

이 어두컴컴한 입구를 지나 복도를 통과하면 홀이 나온다. 그곳은 더 음침했다. 위로는 묵직한 들보가 낮게 드리워지고 바닥에는 들쭉날쭉한 판자들이 깔려 있어 마치 폭풍우가 휘몰아치는 밤에 낡은 배의 의무실에 있는 것처럼 느껴질 정도였다. 방 저 안쪽에는 어두운 동굴 같은 것이 툭 튀어나와 있었는데, 그것은 바로 노골적으로 고래 모양을 낸 조잡한 카운터였다. 아치 모양의 그 턱뼈가 어찌나 컸던지 마차라도 지나갈 수 있을 정도였다. 그 안쪽 조잡한 선반 위에는 낡은 유리병과 술병들이

즐비하게 늘어서 있었으며, 순식간에 파멸을 불러올 것 같은 그 턱주가리 안에서 키 작은 쪼그랑 늙은이가 바삐 움직이며 선원들에게 알코올 중독증과 죽음을 비싼 값에 팔고 있었다.

나는 안으로 들어가서 주인에게 다가가 방을 하나 쓰고 싶다고 말했다. 그러자 방이 다 찼고 침대 하나 남은 게 없다는 답이 돌아왔다.

"잠깐만!"

그가 이마를 치며 덧붙였다.

"어떤 작살잡이와 한 침대를 쓰는 건 어떻겠나? 보아하니 자네는 고래잡이에 나설 것처럼 보이는데…… 그러니 그런 일엔 익숙하지 않은가?"

나는 그에게, 나는 둘이 한 침대에서 자는 것을 좋아하지 않는다, 하지만 꼭 그래야만 한다면 그 작살잡이가 어떤 사람인가에 달려 있다, 당신이 내게 내줄 방이 정말 없고, 그 작살잡이가 정말 기분 나쁜 사람만 아니라면 이 살을 에듯 추운 밤에 거리를 헤매느니 그 사람과 담요를 함께 쓸 수밖에 없지 않겠느냐고 말했다.

"내 그럴 줄 알았다니까. 자, 저녁 안 들었지? 여기 앉아서 기다리쇼. 바로 준비할 테니."

얼마 후 나는 네 명의 사내들과 함께 옆방에서 식사했다. 방이 너무 추워 마치 아일랜드에 있는 것 같았지만 식사는 훌륭했다.

식사를 마치자 다들 술을 마시기 위해 홀로 갔고 나는 주인에게 함께 자게 될 작살잡이는 어디 있느냐고 물었다. 그는 곧 올 거라고만 대답했다. 나는 잠자리에 들 때까지 이것저것 구경이나 하면서 지내기로 마음먹었다.

얼추 9시쯤 되었다. 하지만 작살잡이의 모습은 보이지 않았다. 다시 시간이 흘렀다. 다른 투숙객들이 하나씩, 혹은 두셋씩 여인숙으로 들어와 자기 잠자리로 찾아갔건만 나의 작살잡이는 보이지 않았다. 나는 참지 못하고 주인에게 말했다.

"주인장, 이 사람은 도대체 어떤 사람이오? 매일 이렇게 늦게 들어옵니까?"

어느새 자정 무렵이었다.

"아니, 보통 때는 일찍 자고 일찍 일어나지. 하지만 오늘은 뭔가 팔러 나갔거든. 이렇게 늦는 걸 보니 아직 머리를 팔지 못한 모양이야."

"머리를 못 팔았다니? 도대체 무슨 헛소리를 하는 거요?"

나는 화가 나서 고함을 질렀다.

"아, 고정하고 내 이야기를 좀 들어보라니까. 그 친구는 저 남양(南洋)에서 왔는데 거기서 박제한 뉴질랜드 원주민 머리를 여럿 사온 모양이야. 자네도 알다시피 즐겨 수집하는 사람들이 있잖아. 다 팔고 하나가 남은 모양이야. 그걸 오늘 꼭 팔겠다고 나간 거지. 내일은 일요일이니 다들 교회에 간다고 나올 텐데 거리에서 사람 머리를 들고 팔 수는 없는 노릇 아닌가?"

그의 설명을 듣고 어느 정도 이해가 되었다. 하지만 이교도의 머리를 팔고 다니는 이 식인종 같은 작살잡이를 도대체 어떤 식으로 봐야 할 것인가?

"주인장, 그러고 보니 그 작살잡이는 꽤나 위험한 사람인 것 같군요."

"어쨌든 돈은 꼬박꼬박 내니까. 늦었으니 먼저 가서 자도록 하게. 좋은 침대야. 결혼식 날 마누라랑 그 침대에서 잤어. 둘이 뒹굴어도 좋을 정도로 큰 침대야. 자, 따라오게. 초를 줄 테니."

그는 초에 불을 붙여 내게 건네주더니 앞장서서 걸어갔다. 나는 할 수 없이 그의 뒤를 따라갔다. 주인이 이끄는 대로 계단을 올라가 한 작은 방으로 들어가니, 주인의 말대로 작살잡이 네 명이 뒹굴어도 좋을 만큼 어마어마하게 큰 침대가 놓여 있었다.

주인이 나가자 나는 침대에 앉아 이런저런 생각에 젖어 있다가 에라 모르겠다, 하는 심정으로 옷을 벗고 침대에 누웠다. 몸을 뒤척이며 오랫동안 잠을 이루지 못하다가 깜빡 잠이 들려는 순간, 복도에서 발소리가 들리더니 문 밑으로 희미하게 불빛이 스며들어왔다.

"오, 주여, 보살펴주옵소서!"

나는 중얼거렸다. 그 저주받은 머리 판매상 작살잡이가 분명했다. 나는 꼼짝 않고 누워 그가 말을 걸어오기 전까지는 한마디도 하지 않겠다고 결심했다. 한 손에는 촛불을, 다른 손에는 뉴질랜드 원주민 머리를 든 사내가 방으로 들어섰다. 그는 침대 쪽으로는 눈길도 주지 않은 채 침대에서 멀리 떨어진 바닥에 촛불을 내려놓고 거기 놓여 있던 커다란 자루의 끈을 풀기 시작했다. 나는 그의 얼굴을 보고 싶어 안달이 났다. 하지만 그는 등을 돌리고 자루를 푸느라 여념이 없었다.

이윽고 그가 일을 끝내고 고개를 돌렸다.

오오, 맙소사! 도대체 그 모습이라니! 어떻게 저런 얼굴이! 어두운 자줏빛 얼굴 위에 노란색 줄이 그어져 있고 여기저기 네모난 검은 표시들이 붙어 있었다. 내 짐작이 맞았다. 도저히 침대를 함께 쓸 수 없을 만큼 끔찍한 몰골이었다. 누군가와 한 바탕 싸움을 하고 상처를 입어 의사에게 다녀온 게 틀림없었다.

그때 내게 어떤 백인 생각이 떠올랐다. 그 사람도 고래잡이였는데 식인종들에게 붙잡혔다가 그들에게 문신을 당했던 것이다. 나는 이 작살잡이도 멀리 항해를 했다가 비슷한 꼴을 당한 것으로 결론 내렸다.

'어쨌든 무슨 상관이 있어.'

나는 생각했다.

'생김새만 저럴 뿐이잖아. 겉모습이야 어떠하든 정직한 사람일 수도 있잖아.'

내 머릿속에 이런 생각들이 번갯불처럼 스쳐 지나가는 순간에도 작살잡이는 내 존재를 알아차리지 못한 것 같았다. 그는 어렵사리 자루를 풀더니 안을 뒤져 일종의 손도끼와 바다표범 가죽으로 만든 작은 자루를 꺼냈다. 그는 그것들을 방 한복판 낡은 궤짝 위에 올려놓고는 뉴질랜드 원주민 머리를, 소름이 오싹 끼치는 그 머리를 자루에 집어넣었다. 그런 후 그는 모자를 벗었다. 비버 가죽으로 만든 새 모자였다. 나는 놀라서 하마터면 소리를 지를 뻔했다. 두개골―정말 두개골이라고 하는 게 딱 알맞았다―에 머리칼이 하나도 없었던 것이다. 다만 이마에 짧게 꼰 머리털이 매달려 있을 뿐이었다. 그의 불그레한 대머리는 아무리 보아도 곰팡이가 낀, 죽은 자의 두개골 같았다. 만일 그가 나와 문 사이에 있지만 않았더라도 나는 음식을 허겁지겁 입에 처넣을 때보다 더 빠른 동작으로 밖으로 뛰쳐나갔을 것이다.

그는 모자를 벗은 뒤 하나씩 하나씩 옷을 벗기 시작했고 마침내 가슴과 팔뚝이 드러났다. 오, 그런데 옷에 가려져 있던 몸뚱이에도 얼굴에 새겨진 것과 똑같은 네모난 문신들로 덮여 있었으며 등에도 마찬가지였다. 심지어 다리에까지도 문신이 있었는데, 마치 어린 야자수 줄기를 타고 오르는 암녹색 개구리 떼처럼 보였다.

이제 사태가 명확해졌다. 그는 남양의 바다에서 포경선에 올랐다가 이곳 기독교 땅에 내린 야만인임이 분명했다. 그 생각을 하자 몸이 떨려왔다. 게다가 머리를 팔고 있다니! 자기 형제의 머리가 아니란 보장이 있는가? 오, 맙소사! 내 머리를 노릴지도 몰라. 오, 하나님! 저 손도끼를 좀 보라고!

하지만 그런 식으로 떨고만 있을 수는 없었다. 그는 이내 자기가 이교도임이 확실하다는 것을 증명하는 듯 일종의 제의를 거행했다. 그는 조금 전에 의자 위에 걸쳐놓았던 넝마 같은 옷주머니에서 곱사등이 모양의 우상을 꺼냈다. 그런 후 그는 주머니에서 비스킷 조각을 꺼내더니 불에 익힌 후 그 작은 흑인 우상에게 공손히 바쳤다. 그러는 동안 이 이교도 신자는 줄곧 야릇한 소리를 내고 있었는데, 무슨 기도 같기도 했고 찬송가 같기도 했다.

제의가 끝나자 그는 탁자에서 손도끼를 들었다. 그는 잠시 대가리 부분을 살펴보더니 그것을 불에 갖다 대고 손잡이를 입에 물었다. 그러자 담배 연기가 뭉게뭉게 피어올랐다. 그 야만인 식인종은 입에 손도끼를 문 채 침대로 뛰어들었다. 나는 비명을 질렀다. 도저히 참을 수가 없었다. 그러자 놀란 그가 으르렁거리는 소리를 내며 내 쪽으로 손을 뻗어 나를 만지려 했다.

나는 알 수 없는 소리를 더듬더듬 우물거리며 그를 피해 벽쪽으로 몸을 굴렸다. 그리고 제발 조용히 해달라, 일어나서 불을 켜게 해달라고 애원했다. 하지만 그는 내 말을 알아듣지 못했는지 뭔가 목구멍에서 나오는 것 같은 소리를 냈다. 나는 겁에 질릴 수밖에 없었다.

마침내 그가 말했다.

"도대체 너 누구냐? 말 안 하면 나 너 죽인다."

그 말과 함께 그는 손도끼를 내 머리 주변에서 흔들었다. 손도끼에는 여전히 담뱃불이 붙어 있었다.

나는 고함을 질렀다.

"주인장! 오, 맙소사! 피터 코핀! 주인장, 사람 살려요!"

"누구야! 말해! 안 그러면 나 너 죽인다!"

식인종은 다시 으르렁거리며 손도끼를 휘둘렀다. 뜨거운 담뱃재가 날려 내 속옷이 타버릴까 걱정이 될 지경이었다. 오, 바로 그때 다행히도 주인이 손에 램프를 들고 방으로 나타났다. 나는 침대에서 뛰어내려 그의 곁으로 달려갔다.

주인이 나를 달래듯 말했다.

"겁먹을 것 없어. 퀴퀘그는 자네 머리카락 한 올도 건드리지 않을 거야."

"아니, 저 악마 같은 작살잡이가 식인종이라는 말을 왜 안 해 준 겁니까?"

"자네가 아는 줄 알았지. 마을에서 이 집 저 집 다니며 사람 머리를 판다는 이야기를 해줬잖은가? 퀴퀘그, 이 남자 너랑 잔다. 알았지?"

"나, 잘 안다."

퀴퀘그는 침대에 앉아 파이프를 빨며 으르렁거리듯 대답했다. 그런 후 그는 이불 한 자락을 젖힌 뒤 손도끼로 나를 가리키며 말했다.

"너, 여기 들어온다."

그 행동은 정중했을 뿐 아니라 아주 다정하고 자상하기까지 했다. 나는 선 채로 그를 바라보았다. 비록 문신을 하긴 했지만 깨끗하고 말쑥해 보이는 식인종이었다.

'도대체 내가 왜 그리 난리를 피운 거지?'

나는 생각했다.

'나랑 똑같이, 그냥 사람이잖아. 술에 취한 기독교도보다는 말짱한 식인종과 자는 게 더 낫지.'

"주인장, 가서 주무세요. 이제 가셔도 됩니다."

나는 주인에게 말하고 침대로 들어갔다. 그리고 그 어느 때보다도 단잠을 잤다.

제3장 소중한 친구

　다음 날 자리에서 일어나니 퀴퀘그는 벌써 일어나 몸단장을 하고 있었다. 그는 비버 가죽 모자부터 쓴 후 위에서부터 아래로 몸단장을 하기 시작했다. 부츠를 신고 조끼를 입은 후 그는 세면대 앞에 서더니 비누 거품을 얼굴에 발랐다. 나는 도대체 면도기가 어디 있는지 궁금해서 살펴보았다. 그런데 놀라워라! 그는 침대 모서리에 세워두었던 작살의 칼집을 벗기더니 부츠에 쓱쓱 문질러 날을 가는 것이 아닌가! 그러고는 벽의 작은 거울로 성큼성큼 다가가 작살로 얼굴을 밀기 시작했다. 마치 뺨에 작살질을 하는 것 같았다.

　나머지 몸단장은 금세 끝났고 그는 커다란 선원용 재킷으로 몸을 감싼 후 작살을 휘두르며 당당하게 밖으로 나갔다. 나도 옷을 꿰차 입고 그의 뒤를 따랐다.

술청으로 내려가자 주인이 미소로 맞았다. 나도 주인에게 기분 좋은 미소를 건넸다. 그가 내 잠자리 친구를 갖고 내게 꽤 심한 장난을 치긴 했지만 나는 그에게 별 앙심은 품지 않았다.

술청에는 이 여인숙 투숙객들로 북적거렸다. 거의 모두가 고래잡이배 선원이었다. 일등항해사, 이등항해사, 삼등항해사, 배의 목수, 농 제조공, 대장장이, 작살잡이에 감시인까지 모두 까무잡잡한 얼굴에 근육질이었고 수염이 무성했으며 머리는 헝클어져 있었다.

주인이 식당 문을 활짝 열고 "어이, 모두 식사들 하쇼!"라고 외치자 모두 식당으로 들어가 자리를 잡았다. 나도 그들과 함께 식탁에 앉았다. 나는 재미있는 고래잡이 이야기라도 들을 수 있으리라 잔뜩 기대했다. 하지만 오산이었다. 폭풍우가 몰아치는 가운데 그 엄청난 고래를 잡아 올린 이 용사들은 마치 부끄러운 듯 서로의 눈치만 살피며 거의 입을 다물다시피 하고 있었다. 정말 희한한 광경이었다. 숫기 없는 곰, 소심한 전사 같은 이들의 모습이라니!

퀴퀘그는 우연히 상석에 앉게 되었는데, 그는 얼음처럼 냉정했다. 물론 나는 그의 예의범절에 대해서까지 이러쿵저러쿵할 생각은 없다. 하지만 아무리 그를 좋아하는 사람이라도 식탁에 작살을 가져와 그걸 아무렇지도 않게 사용하는 것을 보고 그 짓을 옹호해줄 사람은 없을 것이다. 게다가 남의 머리를 찌를 위험에도 불구하고 식탁 끝에 있는 비프스테이크를 작살로 끌어당겼으니 말이다. 하지만 정작 본인은 태연자약했고 누구든 태연한 행동은 품위가 있는 것처럼 여기기 마련이다.

퀴퀘그가 식탁에서 보인 별난 행동들, 예컨대 커피와 빵은 입에 대지도 않고 오로지 피가 뚝뚝 흐르는 스테이크에만 관심을 집중했다는 등의 이야기를 여기서 전부 옮길 생각은 없다. 다만, 아침 식사가 끝나자 그가 다른 사람들과 함께 휴게실로 가서 손도끼 파이프에 불을 붙이고 조용히 담배를 피우는 것을 보고 내가 산책하러 나갔다는 정도만 덧붙이기로 하자.

나는 뉴베드퍼드 거리를 산책한 후 교회에 가서 예배를 드렸다. 목사는 『성서』에 나온 요나에 대해 긴 강론을 한 후 죄를 짓지 말라, 죄를 짓더라도 참회하라는 설교를 했다. 교회를 나온 나는 다시 여인숙으로 돌아왔다.

여인숙으로 돌아와 보니 퀴퀘그가 혼자 앉아 있었다. 그는 난로 옆 벤치에 앉아 화덕에 발을 올려놓고, 이교도 냄새 풍기는 가락을 흥얼거리며 작은 검둥이 우상의 코를 깎고 있었다.

내가 들어서자 그는 마치 방해라도 받은 듯 그 상(像)을 치우더니 곧바로 탁자 쪽으로 갔다. 그는 거기서 두꺼운 책을 한 권 집더니 그 책을 무릎 위에 놓고 신중하게 페이지를 세기 시작했다. 그리고 50페이지까지 세고 나면 일단 멈추고는 주위를 막연히 둘러보며 놀랍다는 듯 길게 휘파람을 불었다. 그러더니 그는 이어서 50페이지를 다시 세기 시작했다. 50 이상은 세지 못하는 듯 매번 1부터 다시 시작했고, 50이라는 엄청난 숫자가 계속 되풀이되는 것을 보고 책 페이지가 엄청난 것에 놀라는 것 같았다.

나는 그를 흥미롭게 바라보았다. 그는 야만인이었고 얼굴도 흉하게 망가져 있었지만—적어도 내가 보기에는—그의 인상은 결코 불쾌하지 않았다. 영혼은 결코 감출 수 없는 법이다. 나는 그 야릇하기 그지없는 문신들 아래에서 순박하고 정직한 심성을 볼 수 있었고, 그의 타오르는 듯 대담하고 그윽한 검은 눈은 그가 수많은 악마의 도전을 물리칠 수 있는 정신을 지니고 있음을 증명하고 있었다. 좀 우스갯소리로 들릴지 모르지만 그의 머리는 우리가 일반적으로 알고 있는 워싱턴 장군의 머리와 닮았으며 특히 이마와 눈썹이 아주 비슷했다. 워싱턴 장군이 식인종으로 태어났다면 저렇게 생기지 않았을까, 하고 나는 생각했다.

내가 창밖을 바라보는 척하면서 그를 관찰하고 있었지만 그는 내게 조금도 신경을 쓰지 않았고 심지어 눈길 한 번 주지 않았다. 간밤에 우리가 얼마나 정겹게 동침을 했던가! 눈을 떴을 때 그는 얼마나 정겹게 나를 끌어안고 있었던가! 그런데도 저렇게 무심할 수 있단 말인가?

하지만 그를 바라보고 있자니 서운한 마음이 들기보다는 오히려 마음이 차분해졌다. 그의 무심함은 문명인들의 위선이나 허울 좋은 거짓에 전혀 오염되지 않은 그의 천성을 잘 보여주고 있었다. 그가 야만인이라는 것은 도저히 감출 수 없는 사실이었지만 나는 나도 모르게 그에게 끌렸다. 게다가 다른 사람들에게는 혐오감을 주었을 그런 특징들이 바로 나를 끌어당기는 자석이 되었다.

나는 생각했다.

'기독교도의 선량함이란 건 그저 허울뿐인 예의에 불과한 경우가 많잖아. 이 기회에 이교도 친구를 사귀어보는 것도 좋은 일일 거야.'

나는 그에게 다가가 이런저런 손동작으로 그와 이야기를 나누려고 애썼다. 그러자 그가 오늘 밤에도 함께 잘 거냐고 물었고 내가 그렇다고 대답하자 아주 기뻐하는 눈치였고, 조금은 영광스러워하는 눈치이기도 했다.

　나는 그와 함께 책장을 넘기며 그 책에 간간이 나오는 그림들에 관해 설명을 해주었다. 그러자 그는 금세 흥미를 보였고 우리는 서투르나마 최선을 다해 이야기를 나누었다. 나는 그에게 우호의 표시로 담배를 함께 피우자고 제안했고 그는 기꺼이 손도끼 파이프에 불을 붙여 내게 내밀었다. 우리는 그 고약한 파이프 담배를 번갈아 피웠다.

　그렇게 즐겁고 유쾌한 흡연으로 인해 그의 마음속에 남아 있었을지도 모를 무관심의 얼음이 한 조각도 남기지 않고 녹아버렸고 우리는 친구가 되었다. 그도 내가 그랬듯 저절로 우러나오는 마음으로 자연스럽게 나를 받아들인 것 같았다. 담배를 다 피우자 그는 자기 이마를 내 이마에 대더니 내 허리를 끌어안은 채 우리는 이제 결혼한 것이라고 말했다. 그의 고향 언어로는 우리는 이제 둘도 없는 친구가 되었으며 필요한 경우에는 그가 기꺼이 나를 위해 목숨을 바칠 각오가 되었다는 뜻이다. 우리라면 이렇게 갑자기 불타오른 우정은 너무 성급하고 믿음직스럽지 못하다고 말할 수도 있겠지만 이 순박한 야만인에게 그런 식의 진부한 공식은 적용되지 않았다.

저녁 식사 후 우리는 잡담과 담배를 나눈 후 함께 우리의 방으로 갔다. 그는 두개골을 내게 선물로 주었다. 그런 후 커다란 담배쌈지를 꺼내어 뒤지더니 30달러 상당의 은화들을 꺼냈다. 그는 그것들을 탁자 위에 늘어놓더니 기계적으로 둘로 나누었다. 그는 그중 한 몫을 내 앞으로 밀어놓으며 내 것이라고 했다. 나는 거절하려 했다. 하지만 그가 그걸 내 바지 주머니에 쏟아넣으며 내 입을 막아버렸다. 나는 어쩔 수 없이 그가 하는 대로 내버려두었다. 이어서 퀴퀘그는 저녁 기도를 올리기 위해 자신의 우상을 꺼냈다. 그의 몸짓이나 눈짓으로 보아 나도 함께하길 간절히 바라는 눈치였다.

나는 엄격한 장로교회의 품에서 자란 기독교도다. 그러니 어찌 이 이교도와 함께 나무 조각에 절을 할 수 있겠는가? 하지만 나는 생각했다.

'섬긴다는 게 무엇인가? 그래, 이슈마엘. 하늘과 땅, 이교도를 포함해 만물을 주관하시는 너그러우신 하나님이 이따위 검은 나무 조각을 질투하실 것 같은가? 그럴 리 없다! 도대체 섬긴다는 게 무엇인가? 하나님의 뜻대로 하는 것, 바로 그것이 섬기는 것 아닌가? 하나님의 뜻이란 무엇인가? 내 이웃이 내게 해주길 바라는 것을 내가 그대로 이웃에게 베푸는 것이 바로 하나님의 뜻이 아닌가? 퀴퀘그는 내 이웃이다. 나는 퀴퀘그가 나를 위해 어떻게 해주길 바라는가? 물론 내가 믿는 장로교 방식으로 나와 함께 예배를 드리는 것이다. 그러니 나도 그의 예배 의식에 동참해야 하고 우상 숭배자가 되어야 한다. 그것이 하나님의 뜻이다.'

나는 그와 함께 대팻밥에 불을 붙였고 그와 함께 우상을 세웠으며 불에 덥힌 비스킷을 그 앞에 바치고 함께 세 번 절을 했다. 예배를 마친 후 나는 아무런 거리낌 없이 편안한 마음으로 잠자리에 들었다. 우리는 잠들기 전에 약간의 잡담을 나누었다. 잡담을 나누면서 나는 그의 지난 이야기를 듣고 싶은 마음에 그를 자꾸 재촉했다. 처음에는 거의 이해할 수 없었지만 서툰 그의 표현을 겨우 알아들을 수 있게 되자 희미하게나마 전체 윤곽을 잡을 수 있게 되었다.

다음은 그에게 들은 이야기를 바탕으로 내가 간략하게 정리한 그의 생애다.

퀴퀘그는 서남쪽으로 멀리 떨어진 코코보코라는 섬에서 태어났다. 그 섬은 어떤 지도에도 나와 있지 않다. 진정한 장소란

원래 그런 법이 아닌가?

그가 아직 어릴 때 그가 풀로 엮어 만든 옷을 입고 깡충깡충 뛰어다니면 염소들은 그 풀이 나무의 새싹인 줄 알고 따라다녔다. 그렇게 어린 나이에도 퀴퀘그의 야심 찬 영혼에는 간간이 지나가는 포경선을 보는 것으로 만족하지 못하고 기독교 세계를 더 보고 싶다는 열망이 가득했다. 그의 아버지는 대추장이었고 왕이었으며 그의 삼촌은 대제사장이었다. 그리고 그의 이모들은 모두 위대한 전사의 아내였다.

그러던 어느 날 롱아일랜드의 새그항에서 출발한 배 한 척이 그의 아버지가 다스리는 만에 들어왔다. 그는 기독교 땅으로 가기 위해 그 배에 탈 방법을 찾으려 애썼다. 하지만 배에 이미 선원이 다 갖추어져 있었기에 그의 요청은 거절되었고, 추장인 그의 아버지 입김도 통하지 않았다.

하지만 퀴퀘그의 결심은 단호했다. 그는 홀로 먼 해협까지 카누를 저어 갔다. 배가 반드시 그 해협을 통과하리라는 것을 그는 잘 알고 있었다. 무성한 수풀 사이에 몸을 숨긴 채 그는 배가 지나가기만을 기다렸다. 드디어 배가 나타나자 그의 카누는 배를 향해 맹렬히 돌진했다. 그는 뒷발질로 카누를 뒤집어 버린 후에 사슬을 잡고 배로 기어올라갔다. 그리고 갑판에 박힌 고리를 움켜쥔 채 바닥에 대자로 누워 몸이 난도질을 당하더라도 절대로 놓지 않겠다고 크게 소리쳤다.

선장이 바다에 던져버리겠다고 위협을 해도 그는 눈 하나 깜빡하지 않았다. 할 수 없이 선장은 그를 받아들였다. 물불을 가리지 않는 그의 대담함, 기독교 세계에 대한 그의 남다른 열망이 선장의 마음을 움직인 것이었다.

그는 선원들과 지내면서 고래잡이가 됐다. 그의 목표는 딱 한 가지였다. 못 배운 동포들을 계몽하겠다는 것이었다. 기독교도들과 생활하면서 그들의 기술을 배워 제 동포들을 지금보다 훨씬 행복하게 만들어주는 것이 그의 소망이었다.

하지만 아뿔싸! 고래잡이 일을 하다보니 기독교도들도 자신의 아버지가 다스리시는 고향 동포들과 똑같이 불행하고 사악할 수 있다는 것, 어쩌면 훨씬 더 그럴 수 있다는 것을 그는 곧 깨달았다. 마침내 배가 새그항에 도착했다. 그곳에서 선원들이 하는 짓, 낸터컷에서 그들이 번 돈을 어떻게 써버리는지 보고나서 가엾은 퀴퀘그는 애당초 지녔던 목표를 포기할 수밖에 없었다.

그는 생각했다.

'어딜 가든지 이 세상은 사악하구나. 그렇다면 나는 기독교

도가 되지 않고 이교도로 죽으리라.'

그리하여 그는 마음 깊은 곳에서는 이교도이면서, 기독교도들 틈에서 그들의 옷을 입고 그들의 종잡을 수 없는 말을 따라 하려 애쓰면서 살았다. 고향을 떠나온 지 오래되었건만 그가 유달리 남다른 모습과 행동을 보이는 것은 그 때문이었다.

나는 그에게 혹시 고향으로 돌아가 왕이 될 생각은 없느냐고 넌지시 물어보았다. 그가 아버지를 뵌 지 오래되었고, 이제 분명 돌아가셨을 것이라고 말한 다음이었다. 그러자 그는 아직은 아니라고 대답했다. 그는 기독교, 아니 더 정확히 말하면 기독교도들과 꽤 오래 지낸 탓에 30명의 선왕의 뒤를 이어 왕관을 물려받을 수 있는 순결함이 더럽혀진 것이 아닌지 두려워하고 있었다. 그렇지만 그는 언제고 자신이 깨끗해졌다는 확신이 들면 돌아갈 것이라고 덧붙였다. 그러나 당분간은 배를 타고 4대양을 두루 다니며 젊음의 혈기를 만끽하고 싶다고 했다. 지금은 작살잡이 노릇을 하고 있으니 그 갈고리가 제왕의 홀을 대신하고 있는 셈이었다.

나는 그에게 지금 당장 그의 목표는 뭐냐고 질문의 방향을 바꾸었다. 그는 바다로 나가 하던 일을 계속하는 것이라고 대답했다. 나는 그에게 나도 고래잡이에 나설 예정이며 낸터컷에서 배를 탈 생각이라고 말해주었다. 그러자 그는 내 두 손을 부여잡고, 나와 함께 그곳에 가서 운명을 같이하겠다고, 나와 함께 이 세상과 저 세상의 우연에 함께 몸을 담그겠다고 즉각 말했다.

나는 기쁜 마음으로 그의 제안에 동의했다. 그에게 애정을 느끼고 있었기 때문만은 아니었다. 무엇보다 그는 노련한 작살잡이가 아닌가? 상선만 타보아서 고래잡이에 문외한인 내게 그가 얼마나 큰 도움을 줄 것인가!

퀴퀘그는 나를 껴안고 그의 이마를 내 이마에 비비더니 촛불을 껐다. 우리는 등을 돌린 채 곧 잠에 빠져들었다.

제4장 낸터컷으로

다음 날 아침, 그러니까 월요일 아침 나는 박제 머리를 이발사에게 가발 걸이로 팔아버렸다. 그리고 그 돈으로—따지고 보면 내 친구의 돈이었지만—나와 내 친구의 숙박비를 계산했다. 히죽거리는 주인과 다른 손님들은 나와 퀴퀘그 사이에 맺어진 갑작스러운 우정을 보고 굉장히 이상하게 생각하면서도 즐거워했다. 처음 보았을 때 그렇게 무서워하던 상대와 이런 식으로 어울린 나를 보고 그럴 만도 했다.

여인숙을 나온 우리는 수레를 빌려서 우리의 짐을 모두 실은 다음 낸터컷행 정기선인 모스호로 갔다. 사람들은 퀴퀘그와 내가 스스럼없이 가까이 지내는 것을 보고 신기한 듯 눈을 휘둥그레 뜨고 바라보았다. 우리는 뱃삯을 치르고 짐도 무사히 실은 다음 정기선에 올랐다.

배가 난바다(뭍에서 멀리 떨어진 넓은 바다)에 이르자 상쾌한 바람이 불어왔다. 조그만 모스호는 망아지 콧김처럼 이물(배의 앞부분)에서 세찬 물보라를 일으켰다. 아아, 나는 그 맹렬한 바람을 그 얼마나 한껏 들이켰는가! 나는 저 땅과 땅의 길들, 곳곳에 발꿈치 자국과 말발굽 자국으로 얼룩진 그 길을 그 얼마나 거부해 왔던가! 그 어떤 흔적도 남기지 않는 도량이 큰 바다를 찬양하기 위해 얼마나 자주 몸을 돌렸던가!

퀴퀘그도 나와 마찬가지로 바다 거품을 마시고 취해 비틀거리는 것 같았다. 그런 우리의 모습을 보고 백인들이 신기한 듯 비웃으며 바라보고 있었다. 그중 백인 풋내기 하나가 뒤에서 퀴퀘그 흉내를 내다가 그만 퀴퀘그에게 들키고 말았다. 나는 그 촌놈이 이제 볼 장 다 봤다고 생각했다. 아니나 다를까, 근육질의 야만인은 손에 들고 있던 작살을 내려놓더니 그 촌놈을 두 팔로 안았다. 그리고 거의 신기에 가까운 힘으로 민첩하게 그를 하늘로 던져 올렸다. 촌놈의 몸이 허공에서 반쯤 돌았을 때 퀴퀘그는 그의 엉덩이를 살짝 걷어찼고 촌놈은 허파에 불이라도 난 것처럼 헉헉거리며 바닥에 내려섰다. 퀴퀘그는 언제 무슨 일이 있었느냐는 표정으로 손도끼 파이프에 불을 붙여

한 모금 빨더니 파이프를 내게 건네주었다.

"선자아아앙…… 선자아아앙……."

촌놈은 소리를 지르며 선장에게 달려갔다.

"선자아아아앙…… 여기, 여기 악마가!"

선장이 퀴퀘그를 향해 다가오며 소리쳤다.

"아니, 이보슈, 대체 뭐 하는 짓이요? 하마터면 이 사람을 죽일 뻔하지 않았소?"

퀴퀘그가 내게 물었다.

"저 남자 뭐라 말하나?"

"자네가 저 사람을 죽일 뻔했대."

나는 손가락으로 아직도 떨고 있는 촌놈을 가리켰다.

"죽인다?"

퀴퀘그가 문신으로 뒤덮인 얼굴에 잔뜩 경멸의 표정을 지으며 말했다.

"오! 저 남자, 작은 고기. 퀴퀘그 그렇게 작은 고기 안 죽인다. 퀴퀘그 큰 고래 죽인다."

그러자 선장이 으르렁거렸다.

"이봐, 잘 들어! 이 식인종아! 내 배에서 또다시 소란을 피웠다가는 내가 너를 죽인다. 조심하는 게 좋을걸!"

하지만 선장이 조심해야만 할 상황이 바로 그때 벌어졌다. 세찬 바람의 힘을 견디지 못해 큰 돛대의 활대 줄이 끊어져 커다란 활대가 마치 갑판을 휩쓸듯이 이곳저곳 날아다녔다. 그런데 퀴퀘그가 손을 봐준 바로 그 친구가 활대에 쓸려 뱃전 너머 바다로 떨어져버렸다.

선원들은 공포에 질렸다. 그 누구도 감히 활대를 붙잡고 고정하겠다는 정신 나간 짓을 하려고 하지 않았다. 갑판에 있던 사람들은 우르르 뱃머리로 몰려가 지켜보고 있을 뿐이었다. 그 와중에 퀴퀘그가 활대가 오가는 밑으로 기어들어가 밧줄 하나를 낚아채더니 그 끝을 뱃전에 붙들어 맸다. 이어서 그는 밧줄 다른 쪽 끝을 올가미로 만들어 던지더니 머리 위를 스치고 지나가는 활대에 걸었다. 그리고 그 밧줄을 힘껏 당겨 활대를 꼼짝 못 하게 옭아맸다.

선원들은 바다에 빠진 풋내기를 구하겠다고 고물에 매달린 보트를 풀고 있었다. 그러자 퀴퀘그가 웃옷을 벗어 던지고 포물선을 그리며 바다로 뛰어들었다. 그는 얼음처럼 차가운 물살을 가르며 바다에 빠진 얼뜨기를 찾았다. 그러나 얼뜨기의 모습이 보이지 않자 물속으로 잠수해 사라졌다. 그는 얼마 후에 축 늘어진 사내를 한 팔로 안고 나머지 한 팔로 힘차게 물살을 갈랐다. 보트에 있던 선원들이 얼른 두 사람을 끌어올렸다.

불쌍한 촌놈은 정신을 되찾았다. 사람들은 퀴퀘그를 최고라고 치켜세웠고 선장은 그에게 사과했다. 그 후로 나는 퀴퀘그에게 마치 조개처럼 찰싹 달라붙었다. 그렇다! 이 가여운 퀴퀘그가 그의 길고 영원한 잠수를 하게 될 그 순간까지!

그 후로는 별 이렇다 할 일도 벌어지지 않고 우리는 낸터컷에 도착했다.

낸터컷! 지도를 꺼내서 찾아보라. 그곳이 지구상에서 얼마나 외진 곳인지! 해안에서 한참 떨어진 등대보다 더 외진 곳! 그곳을 보라! 그냥 언덕 끝자락에 자리 잡은 곳. 팔꿈치처럼 뻗은 모래사장뿐 배경도 전혀 없는 곳. 압지 대신 사용한다면 20년을 쓰고도 남을 만큼 모래가 많은 곳.

좀 익살스러운 사람이라면 이곳에는 잡초도 일부러 심어야 자라지 저절로는 자라지 않는다고 말할 것이다. 이곳에서는 나무토막 하나도 진귀하게 모신다고, 여름에 그늘을 만들려고 집 앞에 독버섯을 심는다고, 관목 하나만 돋아도 오아시스 같고, 온종일 걸어서 나무 세 그루만 만난다면 그건 마치 초원을 만난 것과 같다고. 그곳은 그렇게 온통 바다에 둘러싸여 있으며 작은 조개들이 의자와 탁자에까지 붙곤 한다고.

이곳 낸터컷 사람들, 이 바다의 은둔자들은 그렇게 뭍에서 밀려나 끊임없이 바다를 정복해왔다.

처음에 그들은 해변에서 게와 조개 따위를 잡았다. 조금 더 대담해지자 그물을 들고 나가 고등어를 잡았다. 경험이 쌓이자 배를 타고 나가 대구를 잡았다. 그러다가 급기야 대형 선단을 타고 나가 대양을 탐험하고 세상을 주유했다. 그리고 바다의 가장 위대하고 흉포한 생물과 사투를 벌였다.

육지와 물로 이루어진 지구의 3분의 2는 낸터컷 사람들의 소유다. 바다가 바로 그들의 것이기 때문이다. 황제가 제국을 소유하듯 그들은 바다를 소유한다. 다른 뱃사람들은 바다를 지나갈 권리밖에 없다. 오직 낸터컷 사람들만이 바다에 살며 바다에서 위세를 떨친다. 바다, 그곳에 그들의 집이 있으며 그곳에 그들의 일이 있어, 노아의 대홍수가 일어나 중국인 수백만을 삼켜버린다 해도 그들을 방해하지는 못한다.

꿩이 초원에 살듯 그들은 바다에 산다. 그들은 몇 년이고 육지를 모르고 지낼 수 있다. 그리하여 다시 뭍에 오르면 달나라에 간 지구인보다 더 낯설고 딴 세상에 온 것 같은 느낌을 받는다. 마치 갈매기들이 밤이 되면 땅이 보이지 않는 저 먼바다에서 물결에 흔들리며 잠을 자듯, 낸터컷 사람들은 바다코끼리와 고래가 떼 지어 지나는 곳에서 돛을 접고 잠을 청한다.

낸터컷에 내린 나와 퀴퀘그는 '고래의 물기둥' 여인숙 주인이 소개해준 여인숙을 찾아 나섰다. 그의 사촌인 호지아 허시가 운영한다는 집이었다. 이미 밤이 상당히 깊어 있었다. 우리는 어렵사리 그 집을 찾아 그 집의 명물인 차우더(Chowder: 미국의 대표적인 가정 요리의 하나로 생선과 조개, 채소를 넣고 끓인다) 요리를 먹은 후 잠자리에 들었다.

제5장 승선할 배를 결정하다

우리는 침대에서 다음 날의 계획을 짰다. 그런데 퀴퀘그가 깜짝 놀랄 말을 해서 나는 걱정에 휩싸일 수밖에 없었다.

퀴퀘그의 말인즉 이러했다. 그가 요조—바로 그 작은 검둥이 신의 이름이 요조였다—에게 열심히 물어본 결과, 요조가 똑같은 말을 두세 번 되풀이하며 우리가 어느 배에 탈 것인지 둘이 함께 다니며 의논해 결정하지 말고 나 혼자 결정하라고, 요조가 이미 배를 점찍어놓았으니 내가 마치 큰 우연처럼 그 배를 발견하게 될 것이고 우리는 그 배를 타게 될 것이라고 했다는 것이었다.

앞서 말했는지 모르겠지만 퀴퀘그는 요조의 예지력을 대단히 신뢰하고 있었다. 내가 아무리 반박하고 설득해도 퀴퀘그는 꿈쩍도 하지 않았다. 나는 잠자코 그의 결정, 더 정확히 말한다면 요조의 지시를 따르는 수밖에 없었다.

다음 날 아침 나는 퀴퀘그와 요조를 여인숙에 남겨둔 채 혼자 밖으로 나섰다. 순전히 내 눈치였지만 퀴퀘그에게 그날은 마치 라마단처럼 금식하고 회개하는 날인 것 같았고, 내 짐작은 맞았다.

나는 부두를 한참 동안 돌아다녔다. 여기저기 물어본 결과 3년 예정으로 출항을 앞둔 배가 모두 세 척 있었다. '데블댐' '티트피트' '피쿼드' 이렇게 세 척이었다. 피쿼드는 이제는 대가 완전히 끊긴 매사추세츠의 유명한 인디언 부족 이름이다. 나는 앞의 두 배를 먼저 살펴본 후 피쿼드호에 올랐다. 그리고 즉시 바로 이 배가 우리가 탈 배라고 결정했다.

나는 살아오면서 여러 가지 별난 배들을 많이 보았지만 이 피쿼드호처럼 진귀한 배는 본 적이 없다. 배는 낡은 구식이었고 별로 크지 않았다. 오랜 세월 4대양의 폭풍과 잔잔함을 고루 맛본 선체의 빛깔은 마치 이집트와 시베리아에서 수많은 전투를 치른 프랑스 척탄병(擲彈兵: 적에게 폭탄을 던지는 병사)의 얼굴빛처럼 검게 그을려 있었다. 그 배는 마치 적들의 뼈로 몸을 장식한 식인종 같은 배였다. 배 전체가 하나의 독특한 턱뼈 모양을 하고 있었으며, 파도가 넘어 들어오는 것을 막기 위해 뱃전에 설치한 현장(舷牆: 갑판 위에 있는 사람이나 짐이 밖으로 떨어지거나 물이 갑판 위로 올라오는 것을 막기 위해 뱃전에 설치한 울타리)에는 향유고래의 길고 날카로운 이빨이 박혀 있었다. 또한 그 거룩한 배에 회전식 타륜을 쓰는 것은 수치라는 듯 키 손잡이를 달아놓았는데 그 손잡이도 철천지원수인 고래의 길고 좁은 턱뼈 덩어리를 솜씨 있게 깎아서 만든 것이었다. 고결하면서도 어딘가 더할 나위 없이 우울한 느낌을 주는 배! 고결한 것에는 그런 우울함이 각인되어 있기 마련 아닌가!

나는 뒤쪽 갑판에서 항해에 합류하고 싶다는 내 뜻을 밝힐 만한 책임자를 찾았다. 처음에는 아무도 눈에 들어오지 않았다. 그런데 이상한 모양의 천막, 천막이라기보다는 북미 인디언 오두막이라고 할 만한 것이 결국 눈에 들어왔다. 대략 3미터 높이의 원뿔형 천막은 참고래 주둥이에서 뽑아낸 길고 굵은 수염으로 만든 것이었다.

나는 그 천막에 반쯤 몸을 숨기고 있는 사람을 찾아냈다. 그 풍모로 보아 책임자 같았다. 그의 외모에서 딱히 눈에 띄는 것은 없었다. 대부분의 늙은 뱃사람이 그렇듯 갈색으로 그을린 피부에 근육질이었고 퀘이커교도 식으로 재단한 푸른 선원용

외투로 몸을 감싸고 있었다. 눈가에는 거의 보이지 않을 정도의 잔주름이 무성했는데, 그런 주름은 험악한 표정을 지어야할 때 아주 효과적인 법이다.

나는 천막 입구로 다가가며 말했다.

"피쿼드호의 선장님이신가요?"

"그렇다 치고, 용건이 뭔가?"

"배에 타고 싶어서요."

"보아하니 고래 사냥에 대해서는 문외한인 것 같은데……."

"네, 맞습니다. 하지만 곧 배울 수 있을 것입니다. 상선을 자주 타봤거든요. 그리고……."

"상선 따위는 집어치워! 그 발 조심하는 게 좋을걸. 다시 상선 이야기를 입에 올렸다간 엉덩이에 가 붙어버릴 테니! 어쨌든 왜 고래잡이배를 타겠다는 거야? 이거 좀 수상한걸. 해적질이라도 한 거야, 아니면 배에서 선장의 물건을 훔친 거야?"

"아닙니다. 고래잡이가 어떤 건지 알고 싶어서입니다. 세상 구경도 두루 하고 싶고요."

"흥, 고래잡이가 어떤 건지 알고 싶다고? 그래, 에이해브 선장은 만난 적이 있는가?"

"에이해브 선장이 누구신가요?"

"내 그럴 줄 알았지. 그 사람이 이 배의 선장이야."

"그렇다면 제가 착각했군요. 저는 지금까지 선장님과 이야기를 하는 줄 알았는데……."

"이보게 젊은이. 자네는 지금 펠레그 선장과 이야기를 나누고 있는 거야. 피쿼드호가 항해에 나서는 데 필요한 것들을 갖추는 일은 나와 빌대드 선장이 맡고 있어. 물론 선원들도 포함해서이지. 우리는 공동 선주이자 대리인이야. 고래잡이가 어떤 건지 알고 싶다고 했나? 더 이상 발을 뺄 수 없는 상황에 처하기 전에 알 방법이 있지. 이봐, 가서 에이해브 선장을 보면 돼. 그가 외다리인 걸 알 수 있을 거야."

"무슨 뜻이지요, 선장님? 고래에게 다리를 잃은 건가요?"

"암, 고래에게 잃었지! 괴물 같은 향유고래가 덥석 물고 씹어서 으스러뜨렸지…… 너무 놀랄 것 없어. 고래잡이가 어떤 건지 자네에게 슬쩍 보여준 거야. 자, 그래도 고래잡이배에 타고 싶은가? 펄펄 날뛰는 사나운 고래 목에 작살을 꽂을 수 있겠어? 자, 어서 대답해봐!"

"얼마든지 그럴 수 있습니다, 선장님."

나는 조금 당황하긴 했다. 하지만 나는 고래잡이를 나가야 했고 피쿼드호는 최고로 훌륭한 배였다. 나는 내 생각을 그대로 피쿼드 선장에게 전했다. 그는 내 결심이 확고한 것을 보고 나를 배에 태우겠다고 말했다.

"자, 그러면 계약서에 서명해야지. 이리 따라오게."

그는 그 말과 함께 선실을 향해 계단을 내려갔다. 선실 판자 위에 한 사람이 앉아 있었다. 내가 보기에 정말 특이하고 놀랍게 생긴 사람이었다. 그가 바로 빌대드 선장이었다.

그는 펠레그 선장과 마찬가지로 퀘이커교도였고, 부유한 퇴역 고래잡이였다. 그는 선실 사환으로부터 시작해서 작살잡이를 거쳐 일등항해사로 일한 후 선주가 되었다. 그는 예순이라는 적당한 나이에 현역에서 물러나 모험으로 가득 찬 생활을 마감했고, 두둑한 수입을 받으며 여생을 조용히 보내고 있었다.

그는 길쭉하고 깡마른 몸매에 군살이라고는 없었으며 수염도 깔끔하게 자라고 있었다. 그는 그 좁은 공간에 꼿꼿하게 허리를 펴고 앉아 있었다. 콧잔등에 안경을 걸친 것을 보니 책을 읽고 있던 모양이었다.

"아니, 그걸 또 읽고 있나?"

펠레그 선장이 그에게 말했다.

"자그마치 30년 동안 『성경』을 연구하고 있군그래. 어디 진척이라도 좀 있나?"

오랫동안 들어온 친구의 농담에 이력이 났는지 그는 아무런 표정 변화 없이 조용히 고개를 들어 나를 보더니 누구냐고 물어보는 눈길을 펠레그 선장에게 보냈다.

"우리 배에 타고 싶다는군. 자네 생각은 어떤가?"

빌대드 선장이 나를 쳐다보더니 말했다.

"쓸 만하겠군."

펠레그 선장은 서랍을 열어 서류를 꺼내더니 펜과 잉크를 탁자 위에 놓고 그 앞에 앉았다. 나는 어떤 조건으로 일을 맡을지 결정할 때가 되었다고 생각했다. 나는 고래잡이 선원들은 임금을 받지 않는다는 것, 선장을 포함해서 선원 전원이 이익을 배당받게 되어 있다는 것, 배당의 몫은 각자 맡은 일의 중요도에 따라 결정된다는 것을 이미 알고 있었다. 나는 내가 고래잡이에 풋내기이니 배당이 적으리라는 것을 각오하고 있었다. 하지만 내가 바다에 대해 잘 알고 있고 배를 몰 줄도 알며 밧줄을 꼴 줄도 안다는 것을 고려하면 적어도 275분의 1의 배당은 받아야 한다고 생각했다. 보잘것없는 몫이었지만 그래도 없는 것보다는 나았다.

펠레그 선장이 빌대드 선장에게 물었다.

"이보게, 빌대드 선장, 자네 생각은 어때? 이 친구에게 어느 정도 배당을 주면 될까?"

"그거야 자네가 나보다 더 잘 알 것 아닌가?"

빌대드 선장이 음산한 목소리로 말했다.

"777분이면 과하진 않겠지? 안 그런가?"

777분의 1이라는 뜻이었다. 나는 본래 돈에는 별로 관심이 없던 사람이었지만 너무 적은 몫이었다. 그러자 펠레그 선장이 마치 나를 대신하듯 큰 소리를 냈다.

"아니, 빌대드! 자네 이 젊은이를 속이려는 건가! 그보다는 더 받아야 하네. 나는 300분을 생각하고 있었는데. 듣고 있나? 300분!"

빌대드 선장이 다시 777분이 적당하다고 말하자 펠레그 선장은 자리에서 벌떡 일어나더니 선실을 쿵쿵거리며 돌아다녔다. 하지만 빌대드 선장은 그저 나지막하게 "원 무슨 고집불통인지……"라고 중얼거릴 뿐이었다.

잠시 후 언제 그랬냐는 듯 펠레그 선장은 순한 양처럼 자리에 앉더니 내게 말했다. 빌대드 선장이 그저 조용히 중얼거렸을 뿐 합의를 본 것도 없었다.

"자, 젊은이, 이름이 이슈마엘이라고 했던가? 3백분의 1의 배당으로 정하세."

빌대드 선장은 아무 말도 없었다.

나는 그 틈을 타 얼른 퀴퀘그 이야기를 꺼냈다.

"저, 선장님, 저와 함께 배를 타고 싶어하는 친구가 있는데요. 내일 데리고 와도 될까요?"

"물론이지. 어디 데려와보게나. 그 친구는 고래잡이 경험이 있나?"

"셀 수 없이 많이 죽였지요."

"좋아. 그렇다면 데려오게."

나는 서류에 서명하고 그곳을 나섰다. 나는 모든 일이 다 잘 처리되었다고 확신하고 기분이 좋았다. 그때 문득 내게 아직 함께 항해할 그 배의 선장을 만나보지 못했다는 생각이 들었다. 물론 포경선은 출항 준비가 완전히 끝난 다음에야 선장이 모습을 드러내는 경우가 많았다. 하지만 나는 돌이키기 어려운 내 운명을 맡기기 전에 선장을 미리 봐두는 것도 나쁘지 않을 것으로 생각하고 다시 되돌아갔다.

내가 펠레그 선장에게 어디로 가야 에이해브 선장을 만날 수 있느냐고 묻자 그가 대답했다.

"선장을 보고 싶다고? 왜? 이제 다 결정된 건데…… 자네는 배에 타게 되어 있어."

"압니다. 하지만 그를 한번 보고 싶습니다."

"지금 당장은 어려울 것 같은데…… 왜 그러는지는 정확히 모르겠지만, 집 안에만 처박혀 있어서…… 무슨 병인 것 같긴 한데, 겉보기엔 멀쩡하단 말이야. 실제로 아픈 건 아니야. 그렇다고 건강한 것도 아니지만…… 나도 만나려 하지 않는데 자네를 만나줄까? 좀 별난 사람이라고 말하는 이들도 있지만 좋은 사람이야. 뛰어난 사람인데다 불경하다 못해 신 같은 사람이지. 말은 거의 하지 않아. 하지만 그가 말을 하면 귀담아들어야 해. 내 말 명심해야 해. 에이해브는 평범한 사람이 아니야. 대학도 다녔고 식인종들과도 지냈어. 파도보다 더 깊고 놀라운 일들을 많이 겪었어. 고래보다 힘세고 낯선 적들에게 불같은 창을 꽂아넣은 사람이야. 그래! 그는 나나 빌대드 선장 같은 사람이 아니야. 그는 에이해브야. 이보게, 전에 그런 이름의 왕도 있었잖은가? 『구약성서』「열왕기」에 아합이라는 이름으로 나오잖아."

"아주 야비한 왕이었지요. 그 사악한 왕이 살해당했을 때 개들이 피를 핥으러 오지 않았나요?"

"이리 오게. 젊은이."

펠레그 선장이 깜짝 놀랄 만큼 심상치 않은 눈빛으로 내게 말했다.

"잘 들어. 피쿼드호에서 그런 말일랑 하지 마. 아니, 그 어디에서도 하지 마. 에이해브 선장이 택한 이름이 아니야. 남편을 잃고 미쳐버린 그의 어머니가 무식해서 아무렇게나 붙인 이름이야. 그를 낳고 열두 달 만에 세상을 떠났지. 그런데 티스티그라는 인디언 여자가, 어떤 식으로건 그 이름이 가리키는 대로 실현될 거라고 말했어. 다른 바보들도 똑같은 이야기를 해줄지 몰라. 내 단언하지만 다 거짓말이야. 나는 에이해브 선장을 잘 알아. 몇 년 전에 일등항해사로서 그의 배에 탄 적이 있거든. 그는 좋은 사람이야. 그래, 그가 별로 즐거운 표정을 짓지 않는다는 것도 잘 알아. 그가 지난 항해에서 그 빌어먹을 고래에게 다리를 잃은 후에 침울하다는 것, 때로는 사납게 굴기도 한다는 것도 잘 알아. 하지만 다 괜찮아질 거야. 어찌 됐건 내 이것 한 가지는 분명하게 말해줄 수 있네. 미소를 짓고 있는 못난 선장보다는 침울한 표정을 하는 유능한 선장과 항해하는 게 훨씬 나아. 자, 이제 가보게. 이름이 나쁘다고 해서 에이해브 선장을 나쁘게 생각하지는 말아. 아, 그리고 이보게, 그에겐 부인이 있어. 결혼 후에는 세 번밖에 출항을 안 했지. 아주 얌전하고 정겨운 여자야. 게다가 둘 사이엔 자식도 있어. 그런데도 에이해브 선장이 온통 나쁘기만 한 사람이라고 생각할 수 있겠는가? 아니지, 절대 아니야. 비록 황폐해지고 망가졌을지 모르지만 에이해브에게도 인간적인 면모가 있어."

나는 에이해브 선장에 대해 경외감이라고도 할 수 없는 뭔가 막연한 감정을 품고 여인숙으로 돌아왔다.

제6장 배에 승선하다

여인숙으로 돌아오니 퀴퀘그의 라마단, 그러니까 금식과 참회의 고행은 여전히 계속되고 있었다. 그는 내가 돌아왔어도 꼼짝하지 않고 고행의 자세로 방 한복판에 앉아 있었으며 내게 눈길 한 번 주지 않았다. 내가 혼자 저녁을 먹은 후 잠자리에 들 때까지 그의 고행은 계속되었다. 할 수 없이 나는 혼자 잠을 청했다. 나는 동이 틀 무렵까지 세상 모르고 잤다.

새벽에 눈을 뜨니 퀴퀘그가 마치 바닥에 나사로 고정해놓은 듯 여전히 쪼그린 채 침대 옆에 앉아 있었다. 그는 새벽 햇살이 창문을 통해 들어오자 몸을 일으켰다. 그리고 쾌활한 표정으로 절뚝거리며 내게 다가오더니 내게 이마를 비비며 금식 기도가 끝났다고 말했다.

우리는 자리에서 일어나 푸짐하게 아침을 먹은 뒤 어슬렁어슬렁 피쿼드호로 향했다. 작살을 든 퀴퀘그와 함께 부둣가 끝에 있는 배로 다가가자 펠레그 선장이 갑판의 천막에서 걸걸한 목소리로 우리를 불렀다.

그는 내가 함께 오겠다는 친구가 식인종인 줄은 몰랐다며 미리 서류를 제출하지 않으면 배에 태울 수 없다고 단호하게 말했다.

"선장님, 서류라니요? 무슨 서류 말씀이시지요?"

"저 친구가 개종했다는 걸 증명하는 서류 말이야."

그러더니 그는 퀴퀘그를 향해 물었다.

"이 어둠의 자식아, 지금 어느 기독교 교회 소속이냐?"

옆에 있던 빌대드 선장도 추궁하는 눈치였다.

내가 얼른 퀴퀘그 대신 대답했다.

"그는 제일 회중 교회의 신도입니다."

빌대드 선장이 나를 독촉했다.

"뭐야? 그게 어떤 교회인데? 어서 대답해보라니까."

"제가 말씀드린 건, 저 옛날의 가톨릭교회를 가리키는 겁니다. 우리 모두, 그러니까 빌대드 선장님과 저, 펠레그 선장님뿐 아니라 퀴퀘그까지도, 말하자면 모든 우리 자식들과 어머니들,

모든 우리 영혼들이 속해 있는 교회를 말하는 겁니다. 믿음으로 하나가 된 이 세계의 위대하고 영원한 제일 회중 교회 말씀입니다. 그 안에서 우리의 믿음은 조금도 훼손되지 않고 모두 손을 맞잡고 있습니다."

그러자 펠레그 선장이 소리쳤다.

"이보게, 자네 목사로 우리 배에 오르면 되겠군. 이보다 훌륭한 설교는 들어본 적이 없어. 이름이 퀴호그라고 했든가? 퀴호그에게 배에 오르라고 말해. 작살도 훌륭해 보이는군. 아주 근사해. 잡는 폼도 그럴듯하고. 이봐, 퀴호그, 자네 포경선 뱃머리에 타본 적 있나? 고래한테 작살을 먹인 적이 있느냐고!"

퀴퀘그는 한마디 말도 없이 뱃전으로 뛰어오르더니 거기서 다시 배 옆에 매달린 포경 보트 뱃머리로 뛰어내렸다. 그러고는 왼쪽 무릎을 꿇더니 작살을 흔들며 이렇게 소리쳤다.

"선장, 당신, 물 위에 쪼그마한 타르 덩어리 봐? 저거, 고래 눈알. 자, 간다!"

그는 정확히 조준하고 작살을 던졌다. 작살은 빌대드 선장의 챙 넓은 모자 옆을 스치고 지나 갑판을 날렵하게 가로지르더니 타르 덩어리를 정확히 맞추었다.

퀴퀘그는 작살 줄을 잡아당기며 말했다.

"저게 고래 눈알, 저 고래 죽었다."

펠레그 선장은 옆을 스쳐가는 작살에 기겁해서 선실 통로 쪽으로 몸을 피하고 있는 빌대드 선장에게 말했다.

"자, 빌대드, 어서 서류를 가져와. 이 헤지호그, 아니 쿼호그던가? 반드시 우리 배에 태워야 해. 자네에게 90분의 1배당을 주지. 낸터컷 작살잡이 중에 이렇게 높은 배당을 받은 자는 아직 없었어."

우리는 모두 선실로 내려갔다. 물론 선원 명단에 쿼퀘그의 이름이 올라갔고 나는 무척 기뻤다. 이제 모든 절차가 끝나고 서명을 할 차례가 되었다.

펠레그 선장이 나를 보며 말했다.

"저 쿼호그라는 친구는 글을 쓸 줄 모르겠지? 이봐 쿼호그, 서명할 건가, 아니면 표시를 할 건가?"

이미 이런 경험이 있었던 듯 쿼퀘그는 전혀 당황하는 기색을 보이지 않고 서류의 지정된 자리에 팔에 새긴 문신과 정확히 일치하는 그림을 그려 넣었고 그것으로 계약은 성사되었다.

그다음 날부터 피쿼드호는 정신없이 분주해졌다. 낡은 돛은 수리하고 새 돛을 갑판에 올리고 이런저런 도구들을 실었다.

펠레그 선장은 천막에 앉아 선원들을 지휘·감독했고 빌대드 선장은 필요한 물자들을 구입하고 조달하는 일을 맡았다. 나와 퀴퀘그는 펠레그 선장의 양해로 출항할 때까지 배가 아니라 여인숙에서 계속 잠을 자기로 했다.

퀴퀘그와 나도 짐을 배에 실었다. 하지만 출항은 곧바로 이루어지지 않았다. 워낙 준비할 것이 많고 신경 쓸 일도 많기 때문이었다. 3년 동안을 망망대해에서 지내야 하니 당연한 일이었다.

준비가 진행되는 동안 나와 퀴퀘그는 자주 배로 찾아가 에이해브 선장의 건강은 어떤지, 그는 언제 배에 나타날 것인지 물었다. 그럴 때마다 건강이 좋아지고 있다, 그 전까지 펠레그 선장과 빌대드 선장이 모든 것을 알아서 처리할 것이라는 답만 들을 수 있을 뿐이었다.

그러던 어느 날, 마침내 다음 날 중으로 배가 출항할 것이라는 통보가 우리가 묵고 있는 여인숙으로 왔다. 설레는 밤을 보낸 나는 다음 날 새벽 일찌감치 퀴퀘그와 함께 길을 나섰다.

우리는 마침내 피쿼드호에 올랐다. 하지만 움직이는 사람 하나 없이 모든 게 조용하기만 했다. 선실 입구는 잠겨 있었고 승강구는 모두 뚜껑이 덮인 채 밧줄 뭉치들이 그 위에 놓여 있었다. 아직 모두 잠들어 있는 것이 분명했다.

우리는 앞 갑판으로 갔다. 승강구 하나가 열려 있었다. 우리는 아래로 내려갔다. 내려가보니 누더기 같은 모직 코트로 몸을 감싼 노인 한 명이 세상모르고 잠들어 있었다.

우리는 자리를 잡고 앉았고 퀴퀘그는 손도끼 파이프로 담배를 피웠다. 비좁은 방 안은 금세 연기로 가득 찼다. 그때 잠들어 있던 늙은 선원이 숨이 막히는 듯 힘겹게 숨을 내쉬더니 한두 번 몸을 뒤척이다가 일어나 앉아 눈을 비볐다.

"아이고!"

그가 간신히 숨을 내쉬며 말했다.

"누가 이 좁은 데서 담배를 피우는 거야?"

"선원으로 일할 사람들입니다." 내가 재빨리 대답했다.

"배는 언제 떠나나요?"

"그래? 이 배를 탈 거란 말이지? 배는 오늘 떠난다네. 선장이 어젯밤 배에 올랐거든."

"선장이라니요? 에이해브 말인가요?"

"아니, 또 다른 선장이 있는가?"

그에게 에이해브 선장에 대해 좀 더 물어보려는데 갑판에서 무슨 소리가 들렸다.

"어휴, 스타벅이 벌써 일어났군."

노인이 삭구(索具: 배에서 쓰는 로프나 쇠사슬 따위를 통틀어 이르는 말)를 준비하면서 말했다.

"암튼 부지런한 일등항해사야. 좋은 친구야. 이제 다들 일어났을 테니 나도 나가봐야겠군."

그 말과 함께 그는 갑판으로 올랐고 우리도 그의 뒤를 따랐다. 이미 날은 훤하게 밝아 있었다. 선원들이 두세 명씩 배에 올랐고, 삭구 정비공들도 작업을 시작했으며 항해사들도 부지런히 돌아다녔다. 하지만 에이해브 선장은 방에 틀어박혀 있는 듯 모습을 보이지 않았다.

마침내 정오 무렵 삭구를 정비하던 인부들이 배에서 내려가고 피쿼드호는 부두에서 바다 쪽으로 뱃머리를 돌렸다. 모든 일이 마무리되자 빌대드 선장과 함께 선실에서 나온 펠레그 선장이 일등항해사에게 말했다.

"자, 스타벅. 모든 준비가 다 됐겠지. 에이해브 선장도 준비가 다 됐다네."

마침내 닻이 올라왔고 돛이 펼쳐졌으며 배가 항구를 빠져나갔다. 빌대드 선장과 펠레그 선장은 감동에 젖어 배를 전송했다. 그날은 바로 크리스마스였다. 우리는 모두 만세 삼창을 했고 드넓은 대서양에 운명처럼 우리의 무거운 몸을 던졌다.

제7장 포경업을 위한 변론

이제 퀴퀘그와 내가 이 고래잡이배에 무사히 승선했으니 한 마디해야만 하겠다. 이유는 알 수 없지만, 포경업은 뭍사람들 사이에서 낭만이라고는 찾아볼 수 없는 불명예스러운 직업으로 간주되고 있다. 나는 바로 당신, 뭍사람들에게 우리 고래 사냥꾼들을 향한 그대들의 시선이 부당하다는 것을 꼭 확인시켜주고 싶다.

세상 사람들이 우리 고래잡이들을 경멸하는 첫 번째 이유는 다음과 같다. 사람들은 우리가 하는 일이 기껏해야 백정이 하는 일과 다름없다고 생각하며, 일단 일에 열중하다보면 우리가 온갖 오물을 다 뒤집어쓴다고 생각한다. 우리가 백정인 건 사실이다. 하지만 백정 중에서도 가장 피를 뚝뚝 흘리는 백정은 군대

지휘관들이 아닌가? 그런데도 사람들은 그들을 찬양한다.

우리가 하는 일이 불결하다고? 당신들이 실상을 보면 향유고래 포경선은 이 말끔한 지구상에 존재하는 그 어떤 것보다 깨끗한 축에 든다는 것을 알 수 있으리라. 설사 그런 비난이 정당하다고 치자. 포경선 갑판이 너저분하고 미끈거린다고 치자. 그렇더라도 그 더러움을 시체가 썩어가는 전쟁터의 참상과 비교할 수 있을까? 그런데도 전쟁터에서 돌아온 병사들은 왜 여인들의 찬사를 받으며 축배를 드는 것일까?

그들이 위험한 일을 겪었기 때문에 찬사를 받는 것이라고? 그렇게 주장하는 사람이 있다면 고래잡이배에 한번 타보라고 권하고 싶다. 대포를 향해 용감하게 돌진하던 병사들도 향유고래의 엄청나게 거대한 꼬리가 소용돌이를 일으키며 머리 위로 불쑥 솟아오를 때면 누구나 혼비백산하지 않을 수 없을 것이다. 인간이 이해할 수 있는 공포를 어찌 신이 마련한 장엄한 공포와 비교할 수 있단 말인가!

하지만 세상 사람들은 우리 고래 사냥꾼들을 비방하면서 사실은 깊은 경의를, 그것도 어마어마한 찬양을 보내는 것도 사실이다! 이 지구를 밝히고 있는 거의 모든 불꽃, 램프, 촛불이 마치 신전 앞에 피운 불처럼 우리의 영광 속에서 타오르고 있기 때문이다. 우리들의 넋이 스며든 고래의 기름과 함께!

하지만 그런 건 제쳐두고 다른 관점에서 이 문제에 접근해보고, 온갖 종류의 저울에 달아보기로 하자. 과연 우리 고래잡이들은 어떤 존재이며 어떤 존재였는가?

왜 세계열강들은 17세기부터 너나없이 포경업에 뛰어들었는가? 네덜란드는 아예 포경선단의 지휘를 제독에게 맡겼고, 프랑스의 루이 16세는 사비를 털어가면서까지 이곳 낸터컷섬 30~40가구 주민에게 프랑스의 항구도시로 이주해달라고 정중히 요청했다. 18세기 말 영국은 자국 고래잡이들에게 100만 파운드가 넘는 장려금을 지급했다. 그리고 현재 미국의 고래잡이 수는 전 세계 고래잡이 수를 합친 것보다 많다. 700척에 달하는 고래잡이배가 바다를 누비고 있고 1만 8,000여 명이 이 일에 종사하고 있다. 배값은 2,000만 달러에 달하며 해마다 700만 달러의 풍성한 수확을 항구로 실어 나른다. 포경업에 뭔가 강력한 힘이 없다면 어떻게 이런 일들이 일어날 수 있단 말인가? 그런데도 고래잡이 사냥꾼들을 백정이라 비웃고만 있는 것이 온당하단 말인가? 지난 60년 동안 세계 전역에 가장 큰 영향력을 발휘한 평화적 힘이 바로 포경업에서 나왔는데도?

오랜 세월에 걸쳐 포경선은 지구상에서 가장 멀리 떨어진 미지의 지역을 찾아내는 개척자 역할을 맡아왔다. 포경선은 그 어느 지도에도 표시되어 있지 않은 바다들, 섬들을 탐험해왔다. 오늘날 미국과 유럽의 전함들은 이전에 미개지였던 항구를 조용히 드나들 수 있다. 그들은 마땅히 고래잡이들의 명예를 기리는 영광의 축포를 쏘아 올린 후 그곳을 드나들어야 한다. 애초에 그들에게 바닷길을 열어주고 그들과 미개인들 간의 소통을 도와준 것이 바로 고래잡이들이기 때문이다.

물론 오스트레일리아를 탐험한 영국의 제임스 쿡이나 세계 일주를 감행한 러시아 탐험가 크루젠슈테른을 찬양할 수도 있다. 하지만 나는 낸터컷에서 고래잡이배를 타고 출항한 이름 모를 선장들도 그들 못지않게 아니, 그들보다 훨씬 더 위대하다고 말하고 싶다. 그들은 누구도 도와주는 사람 없이 맨주먹으로, 상어가 들끓는 이교도의 바다에서, 창이 비 오듯 쏟아지는 미지의 해안에서, 수병들과 총포들을 갖춘 쿡 선장조차 감히 상대할 엄두도 내지 못했을 미지의 공포, 경이와 맞섰다. 제임스 쿡 선장의 남양 항해기를 화려하게 장식하고 있는 일화들은 우리의 낸터컷 영웅들에게는 늘 겪는 일상의 일에 불과하다. 북아메리카를 탐험한 밴쿠버가 세 장이나 할애해 묘사한 모험담들도 우리 포경선들의 평범한 일지에는 기록할 만한 가치도 없다고 여겨졌을 것이다. 오, 세상이란! 세상이란!

그뿐인가! 스페인이 독점적인 지위를 차지하고 있던 남미 태평양 연안에 진출해서 스페인 왕의 탐욕스런 정책을 깨뜨린 것도 바로 고래잡이들이었다. 시간만 허락된다면 고래잡이들이 어떤 식으로 페루, 칠레, 볼리비아를 스페인 제국의 멍에에서 벗어나 독립할 수 있게 해주었는지 자세히 보여주고 싶을 정도이다.

또한 남반구의 아메리카 대륙이라 할 수 있는 오스트레일리아가 문명사회에 알려지게 된 것도 오로지 고래잡이들 덕분이었다. 오스트레일리아를 제일 먼저 발견한 것은 네덜란드 사람들이었다. 하지만 다른 사람들은 그곳이 무슨 무서운 전염병이 창궐하는 지역으로 여기고 가까이하지 않았다. 오로지 포경선만이 그곳으로 다가갔다. 지금의 막강한 식민지를 건설할 수 있게 해준 것은 바로 포경선인 것이다. 이후 포경선들은 기아에 시달리는 정착민들을 도와주기도 했고 선교사들을 그곳까지 태워다주기도 했다.

그밖에도 나는 정말 할 말이 많다. 고래잡이가 혈통이 안 좋다느니, 고상하지 않다느니, 위엄이 없다느니, 작품에 등장한 적이 없다느니 하는 모함에 대해서도 일일이 실증적 증거를 대며 반박하고 싶다. 하지만 이만하기로 하자. 다만 내 죽음의 순간에 내 유언집행자들, 더 정확히 말한다면 채무자들이 내 책상에서 내 귀한 원고를 찾아낸다면, 내 모든 명예와 영광을 포경에 바친다고 미리 여기서 밝히겠다. 포경선은 나의 예일대학교이자 하버드대학교다.

제8장 기사와 종자

피쿼드호 선원들에 대해 이야기를 하려면 당연히 일등항해사인 스타벅 이야기로부터 시작해야 한다. 그는 낸터컷 태생이고 대부분의 낸터컷 토박이가 그러하듯 대대로 퀘이커교도 집안 출신이다. 키 크고 신중한 사람이며 비록 얼음처럼 차가운 해안에서 태어났지만 뜨거운 열대지방에서도 견딜 만큼, 마치 두 번 구운 비스킷처럼 단단한 근육을 지니고 있다.

그는 가물 때 태어났거나 기근이 퍼졌을 때 태어난 게 틀림없다. 이제 서른 번의 여름을 거쳤을 뿐이건만 그 건조한 여름이 그의 몸의 군살을 바싹 말려버렸다. 하지만 야윈 그의 몸이 걱정스러울 정도라든지, 체력적으로 허약함을 보여주는 것은 아니었다. 그는 한마디로 응축된 사나이다. 게다가 용모도 추한

구석 없이 준수했다.

그는 마치 이집트 미라가 소생한 것처럼, 내부에 응축된 건강과 힘을 지닌 채, 미래의 수 세기를 여전히 지금처럼 헤쳐나갈 준비가 된 것처럼 보였다. 북극의 차가운 눈이건 열대의 작열하는 태양이건 그가 지닌 내면의 생명력으로 모두 이겨낼 것처럼 보였다. 또한 그의 눈을 들여다보면 그가 살아오면서 침착하게 맞섰던 수많은 온갖 위험들이 그 눈에 어른거리는 것 같다는 느낌을 받는다.

그렇게 절도 있고 강인한 용기를 지닌 사나이지만 그에게는 또 다른 기질이 있어, 때로는 그 기질이 나머지 기질들을 모두 덮어버리는 것처럼 보이기도 했다. 그는 뱃사람치고는 드물게 생각이 깊었고 자연에 대한 경외심을 지니고 있었다. 그런데다 거친 바다 위에서 지독하게 외롭게 지내다보니 그는 미신에 경도되고 말았다. 그러나 그의 미신은 무지에 근원을 두고 있다기보다는 오히려 그의 지성에서 샘솟는 것처럼 보였다. 외적인 전조와 내적인 예감을 동시에 느끼는 것, 그것이 바로 그의 특징이다.

그에게는 멀리 두고 온 아내와 자식이 있었다. 그는 사랑하는 가족들을 향한 추억 덕분에 위험한 상황에 물불 안 가리고 뛰어드는, 뱃사람들의 무모함을 견제할 수 있었다. 그는 이렇게 말하곤 했다.

"고래를 무서워하지 않는 사람은 절대로 내 고래잡이배에 태우지 않는다."

그 말을 통해 그는 가장 분명하고 유용한 용기란 위험에 대한 정당한 판단에서 나오는 것이라는 뜻뿐 아니라, 아무런 겁도 없는 사람이 비겁한 사람보다 더 위험한 동료라는 뜻도 전하고 싶었던 것 같다. 그래서 이등항해사인 스터브는 스타벅에 대해 "그래, 포경선 안에서 스타벅보다 신중한 사람은 없을 거야"라고 말하곤 했다. 스터브 같은 고래 사냥꾼의 입에서 나온 '신중하다'란 말이 무엇을 뜻하는지는 얼마 안 가 알게 될 것이다.

스타벅은 결코 위험을 찾아 나서는 십자군이 아니었다. 그에게 있어 용기란 기질이 아니었다. 단지 위험한 순간에 실질적으로 쓸 수 있는 단순히 유용한 도구일 뿐이었다. 그는 포경업에서의 용기란 고기나 빵처럼 반드시 갖추어야 할 것이지만 경솔하게 낭비하면 안 되는 물품 같은 것으로 생각하는지도 몰랐다. 그렇기에 그는 해가 진 다음에 무모하게 고래를 잡겠다고 보트를 내리지도 않았고 거세게 저항하는 고래를 끝끝내 잡겠다고 고집을 부리지도 않았다.

물론 그도 인간이기에 그에게도 인간적 결함이 있을 것이다. 하지만 그의 영혼은 아무리 힘든 난관을 겪더라도 추락하지 않고 빛을 발했다. 더없이 고귀하게 빛을 발하는 당당한 존재는 만일 그에게서 수치스러운 결함이 보이더라도 친구들이 가장 값비싼 옷을 들고 달려가 그 결함을 덮어주어야 한다. 그 고결함은 내면 깊숙한 곳에 숨어 있기에 겉으로 그 모습을 다 잃은 것 같아도 여전히 사라지지 않고 남아 있다. 내가 말하는 그 위엄은 왕의 위엄이나 예복의 위엄을 말하는 것이 아니다. 그것은 화려한 옷 없이도 빛을 발하는 위엄이다. 곡괭이를 휘두르거나 못을 박는 팔뚝에서도 빛나는 그 위엄, 하나님에게서 나와서 모두에게 고루 퍼지는 민주적인 위엄이 바로 그것이다.

오, 위대한 절대자 하나님이시여! 그분은 신성한 평등의 빛으로 온 세상을 두루 비추고 계시도다!

그러니 앞으로 내가 저열한 뱃사람, 배교자와 부랑아에게 고매한 자질을 부여하더라도, 그들을 비극적 우아함으로 감싸더라도, 그중 가장 비통하고 어쩌면 가장 비천한 자를 가장 숭고한 정상으로 올리더라도, 오오, 전 인류에게 인간애라는 고귀한 망토를 씌워주신 그대, 평등의 성령이여, 사람들의 쏟아지는 비난으로부터 저를 보호해주소서! 그대, 위대한 민중의 하나님이

시여! 그 모든 것을 견뎌낼 힘을 제게 주옵소서!

스터브는 이등항해사다. 그는 코드곶 출신이다. 그는 행복한 사람이고, 겁쟁이는 아니지만 그렇다고 특별히 용감한 사람도 아니다. 그는 위험을 무심한 듯 있는 그대로 받아들였으며 고래 사냥에서 가장 결정적인 순간에도 마치 1년치 품삯을 다 받아놓은 목수처럼 차분하고 침착하게 행동했다. 쾌활하고 느긋하며 태평한 그는 위기일발의 상황에서도 그저 저녁 만찬을 맞은 양, 선원들은 만찬에 초대받은 손님인 양, 침착하게 선원들을 지휘했다. 그는 마치 마차를 모는 마부가 자기가 앉을 자리를 안락하게 꾸미듯, 보트 안에서 자신이 앉을 자리를 아주 까다롭게 마련했다. 고래와 가까운 곳에서 위험한 싸움을 벌일 때도 그는 자기의 무자비한 창을 침착하고 냉정하게 휘둘렀다. 격렬하게 날뛰는 괴물과 옆구리를 맞대고 있을 때조차 그는 평소 애창곡을 흥얼거렸다. 오랫동안 온갖 경험을 한 덕에 죽음의 아가리는 스터브에게 안락의자가 되어버린 것이다.

이 세상은 저마다 허리를 굽히고 무거운 짐을 진 사람들로 가득 차 있다. 그리고 그 짐의 무게에 헐떡거린다. 스터브도 자신의 삶이라는 무거운 짐을 지고 있다. 그런데 그는 어떻게 그 짐을 진 채 그토록 천하태평으로 두려움을 모르는 채 즐겁

게 그 길을 갈 수 있을까? 어떻게 거의 불경스럽다고 할 정도로 쾌활하게 지낼 수 있는 것일까? 그것은 바로 그가 늘 지니고 다니는 파이프 덕분이었다. 그가 지니고 다니는 짧고 검은 파이프는 그의 코와 마찬가지로 그의 얼굴의 한 부분을 이루고 있었다. 그가 파이프를 물지 않은 채 침상에서 내려오리라고 기대하느니 코가 없이 그가 나타나리라고 기대하는 게 나았다. 그는 무슨 행동을 하건 제일 먼저 파이프를 입에 물었고 언제라도 담배를 피울 수 있도록 파이프들에 담배를 재서 선반에 줄지어놓았다. 심지어 옷을 입을 때도 바지에 다리를 집어넣기 전에 먼저 파이프를 입에 물었다. 그에게 담배 연기는 죽음에 이르는 모든 시련에 맞서기 위한 일종의 소독약이었다. 온갖 사람들의 불행과 죽음으로 오염된 이 세상에서 그 오염된 공기를 정화하는 연기!

삼등항해사 플래스크는 마서스비니어드섬의 티스베리 출신이다. 작은 키에 다부지고 혈색 좋은 이 젊은 친구는 고래에 대해 다분히 호전적이었다. 그는 그 거대한 괴수들을 마치 조상 대대로 개인적인 원한이 있는 자를 마주하듯 했고 고래를 보는 족족 해치우는 것을 일종의 명예로 삼았다. 그는 고래의 엄청난 체구라든지 신비로운 행동에 대해서는 조금의 존경심도 없었고, 고래와 맞설 때의 위험에 대해서도 그저 무심할 뿐이었다. 그의 얕은 소견에 따르면 아무리 굉장한 고래라도 결국은 무지하게 살이 찐 박쥐에 불과했고 물에 사는 쥐에 불과했다. 그에게 고래란 약간의 꾀와 시간과 노력을 들여서 잡은 후 기름을 짤 수 있는 생물일 뿐이었다. 그런 그에게 고래잡이란 그저 즐거운 장난이었고 3년이라는 긴 세월도 실컷 장난을 칠 수 있는 기간에 불과했다.

이 세 항해사, 스타벅, 스터브, 플래스크가 이 배의 주요 인물들이다. 피쿼드호의 고래잡이 보트들을 지휘하는 것은 이들의 몫이었다. 이들은 각자 자신이 이끄는 소부대의 부대장이 되어 부하들을 이끌었다. 이들은 길고 날카로운 고래잡이 창으로 무장하고 있었으니 최정예 창기병이라고 할 수 있으며 작살잡이는 투창병인 셈이다.

고래 사냥에서는 항해사나 보트 우두머리는 마치 중세 기사가 시종을 거느리듯 언제나 보트 키잡이나 작살잡이를 데리고 다녔다. 그리고 이들의 첫 번째 창이 휘거나 부러져 위급한 상황이 되면 시종들이 새로운 창을 건네주었다. 그렇게 맺어진 두 사람 사이에는 친밀한 우정이 존재했다. 이제 이 피쿼드호의 작살잡이들은 누가 있으며 이들의 주인은 누구인지 밝힐 때가 되었다.

일등항해사인 스타벅은 자신의 종자로 퀴퀘그를 택했다. 퀴퀘그에 대해서 더 이상 이러쿵저러쿵할 필요가 있겠는가?

이등항해사 스터브의 종자는 순수 혈통의 인디언인 타슈테고다. 수많은 작살잡이를 배출한 게이곶 출신인 그는 길고 가는 검은 머리, 높이 솟은 광대뼈, 반짝이는 큰 눈의 사나이다. 한눈에도 그는 뉴잉글랜드 벌판의 큰사슴 뒤를 쫓던 용맹한 사냥꾼의 후예임을 알 수 있었다. 그의 작살은 백발백중이었다. 그의 뱀처럼 유연한 팔다리와 온몸의 황갈색 근육을 보고 있자면 이 인디언은 혹시 하늘이 내려보낸 왕자님이 아닐까 하는 생각이 들 정도였다.

세 번째 작살잡이는 몸집이 엄청난 새까만 검둥이 다구다. 두 귀에 엄청나게 큰 황금 귀고리를 달고 있는 그는, 젊은 시절 자청해서 포경선에 올랐다. 그는 그 당당한 체구를 꼿꼿이 세운 채 신발도 신지 않고 갑판 위를 걸어다녔다. 이 위풍당당한 흑인이 꼬마 플래스크의 종자였으니, 다구 옆에 선 플래스크는 꼭 체스판의 말 같았다.

피쿼드호의 나머지 선원들에 대해서는 이들이 대부분 섬 출신이라는 것을 밝히는 것으로 충분하리라. 나는 이들을 외톨이라고 불렀는데 이들이 각각 외따로 떨어진 섬에서 살았기 때문이다. 그런 외톨이들이 한배 안에서 뭉치게 되었으니 이 얼마나 볼만한 패거리들인가!

제9장 에이해브

낸터컷을 떠난 지 며칠이 되었건만 갑판에서 에이해브 선장의 모습은 볼 수가 없었다. 늘 항해사들이 규칙적으로 당직 교대를 했기에 겉보기에는 이들이 배를 지휘한다고 볼 수밖에 없었다. 하지만 이들이 선실에 들어갔다 나와서 갑작스럽게 단호한 명령을 내리는 경우가 종종 있었다. 그것은 이들이 누군가의 위임을 받아 배를 지휘한다는 명백한 증거였다.

배가 크리스마스에 항구를 떠났기에, 계속 남쪽을 향해 항해하고 있었지만 한동안은 혹심한 추위에 시달려야만 했다. 그러나 위도가 점점 낮아지면서 우리는 조금씩 추위와 견디기 힘든 악천후에서 벗어날 수 있었다.

그러던 어느 날이었다. 그렇게 사납지는 않았지만 여전히 잿빛의 음산한 날씨였다. 오전 당직을 서기 위해 갑판에 오르던 나는 고물 난간 쪽으로 눈길을 돌리며 이상한 예감에 몸을 떨었다. 현실이 내 두려운 예감을 앞질렀다. 에이해브 선장이 뒤쪽 갑판에 서 있었다.

그에게서는 병의 조짐도, 병에서 회복되는 모습도 찾아볼 수 없었다. 그는 마치 화형대에 묶여 불길이 그의 사지를 휘감았지만 몸이 전혀 타버리지 않은 사람, 오랫동안 다져진 강건함이 그 불길에 털끝만큼도 훼손되지 않은 사람 같았다. 그의 큰 체구는 마치 청동 조각상 같았다. 그의 잿빛 머리로부터 얼굴 옆을 따라 목덜미까지, 이어서 옷 속으로까지 막대기처럼 가느다란 납빛 흉터가 구불구불 나 있었다. 마치 벼락을 맞은 아름드리나무가 나뭇가지 하나 상하지 않은 채 싱싱하게 살아 있으면서, 그 벼락 맞은 흔적을 곧게 뻗은 줄기에 새기고 있는 것과 비슷했다. 그 흉터가 태어날 때부터 있었는지, 아니면 어떤 치명적인 부상의 흔적인지는 아무도 분명히 말하지 못했다. 일종의 묵계 때문에 여행 내내 그 흉터에 대해서는 그 누구도 아무 말 하지 않았고 특히 항해사들은 두말할 필요가 없었다.

에이해브 선장의 섬뜩한 모습과 그 잿빛 낙인에 충격을 받은 나는 그가 의지하고 있는 이상한 하얀 다리가 그를 더욱더 무시무시하게 만든다는 것을 당장 알아차리지는 못했다. 하지만 저 상앗빛 다리가 향유고래 턱뼈를 갈아 만든 것임을 금세 알 수 있었다.

그가 서 있는 독특한 자세도 놀랄 만했다. 피쿼드호 뒤쪽 갑판 양쪽, 뒤 돛대 근처의 널빤지에 1센티미터 정도 깊이의 구멍이 뚫려 있었다. 에이해브 선장은 고래 뼈로 만든 다리를 그 구멍에 꽂고 한쪽 팔을 들어 밧줄을 잡은 채 꼿꼿이 서서, 흔들리는 뱃머리 너머를 똑바로 바라보았다. 두려움 없이 앞을 응시하는 그의 단호한 시선에는 굳건한 영혼의 힘, 굽힐 줄 모르는 단호한 의지가 담겨 있었다.

그는 한마디 말도 하지 않았으며 간부들도 그에게 말을 걸지 않았다. 하지만 그들의 사소한 몸동작과 표정에는 이렇게 선장의 눈길을 받는 것이 고통스러울 정도는 아니더라도 상당히 불편하다는 기색이 역력히 드러나 있었다. 그뿐이 아니었다. 마치 십자가에 못 박힌 듯 서 있는 에이해브 선장의 모습에는 그 무언가 엄청난 불행을 겪은 사람이 보여줄 수 있는, 뭐라 말로 표현하기 힘든 지엄하고 압도적인 위엄이 서려 있었다.

출항 후 처음으로 바깥 공기를 쐰 그는 곧바로 다시 선실로 들어갔다. 하지만 그날 이후 그는 매일 모습을 드러냈다. 때로는 그 구멍에 인조 다리를 끼우고 서 있기도 했고, 고래 뼈로 만든 의자에 앉아 있기도 했고, 갑판 위를 쿵쾅거리며 걸어다 니기도 했다. 그리고 날씨가 점차 좋아지자 그가 갑판에서 지 내는 시간은 점점 늘어났다. 하지만 갑판에 나와 어떤 행동을 하고 어떤 말을 하건 그의 존재는 마치 여분의 돛대처럼 보일 뿐이었다. 배는 지금 바다를 항해하고 있을 뿐 아직 본격적인 고래 사냥은 시작되지 않았기 때문이다.

제10장 선실의 식탁

정오가 되었다. '찐빵'이라는 별명의 사환이 빵 덩어리처럼 희멀건 얼굴을 선실 창문에 내밀고 그의 주인에게 점심이 준비되었음을 알린다. 선장은 배 뒤쪽에 바람을 맞으며 앉아 위도 측정기를 고래 뼈 다리 윗부분에 올려놓은 채 위도를 계산 중이다. 사환의 소리에도 꿈쩍 않는 것으로 보아 그 소리를 못 들은 것처럼 보인다. 하지만 이내 밧줄을 움켜쥐고 갑판으로 내려서며 "식사하세, 스타벅"이라고 말하고는 선실로 사라진다.

군주의 마지막 발소리 울림이 사라진 게 확실해진 것을 확인한 후, 이 배의 첫 번째 영주인 스타벅이 자리에서 일어나 유쾌함이 묻어나는 목소리로 말한다.

"식사하세, 스터브."

그가 계단을 내려가면 두 번째 영주인 스터브는 흘러간 옛 노래를 흥얼거리며 삭구 근처를 얼마간 어슬렁거리다가 재빨리 말한다.

"플래스크, 식사하세."

뒤 갑판에 자기 혼자 남은 것을 알게 된 제3 영주 플래스크는 마치 속박에서 해방된 것 같은 기분으로 잠시 까불거리다가 곧바로 아래로 내려간다. 그리고 선실 입구에 접어들기도 전에 완전히 표정을 바꾼다. 천민이나 노예의 배역을 맡은 배우 같은 연기를 하며 에이해브 왕을 알현하러 들어가는 것이다.

갑판에 있을 때 배의 간부들은 선장에게 맞서기도 하고 과감하게 대들기도 한다. 하지만 일단 선실로 내려가 식탁에 마주 앉게 되면 십중팔구, 비굴하다고까지 할 수는 없더라도 아주 온순한 사람으로 이내 바뀐다. 지나칠 정도로 인위적인 위계질서가 엄격한 해상 생활이니 그다지 이상할 것은 없지만 놀랍기도 하고 때로는 우스꽝스럽게 보이는 것도 사실이다. 어쨌든 배의 선장은 왕국의 군주와 다름없다.

고래 뼈를 상감(象嵌: 금속이나 도자기, 목재 따위의 표면에 여러 가지 무늬를 새겨서 그 속에 같은 모양의 금, 은, 보석, 뼈, 자개 따위를 박아 넣는 공예 기법. 또는 그 기법으로 만든 작품)해놓은 식탁 상석에 앉은 에이해브 선장은, 호전적이기는 해도 아직 공손하기 그지없는 사자 새끼들에게 둘러싸여 묵묵하게 갈기를 휘날리는 바다의 사자였다. 간부 선원들은 자기들 음식이 나오기를 기다렸다. 에이해브 선장 앞에서 그들은 한낱 어린애들 같았지만 에이해브 선장에게는 조금도 오만한 기색이 없었다. 그들은 식사 내내 아무 말도 없었고 포크나 나이프가 접시를 긁는 소리조차 나지 않았다.

그들은 직급 순서대로 나이프를 들었고 식사를 마치고 일어날 때는 플래스크가 제일 먼저 일어났다. 그래서 그는 늘 허겁지겁 음식을 입에 밀어 넣어야만 했다. 그보다 바로 위 직급의 스터브가 어쩌다 입맛이 없어 식사를 일찍 마칠 기미가 보이면 그는 더 분발해야만 했다.

에이해브 선장과 세 명의 항해사는 피쿼드호의 이른바 식탁의 '제1대'였다. 그들이 도착할 때의 역순으로 선실을 떠나면 사환이 식탁을 치웠다. 아니, 그보다는 차라리 새로 차린다고 하는 게 옳았다. 이어서 남은 유산 수혜자인 세 명의 작살잡이가 연회에 초대된다. 그들은 그 고귀한 선실을 잠시나마 머슴방으로 만들어버린다.

선장이 주재하는 식탁에 참아내기 어려울 정도의 위압감이 지배하고 있었다면, 작살잡이들의 식탁은 그와는 완전히 대조

적이다. 그들은 거리낌이 없었고, 거의 광란에 가까울 정도로 식사를 만끽했다. 쩝쩝거리며 음식을 마구 씹어 삼키는 그들은 완벽한 식탁의 주인이었다.

퀴케그와 타슈테고의 식욕은 어찌나 왕성한지 지난번 식사 때 다 못 채운 배를 채우기 위해 '찐빵'은 족히 한 마리는 될 만한 양의 소금에 절인 소 허릿살을 부지런히 날라야만 했다. 만일 그의 행동이 굼뜨기라도 하면 타슈테고는 고래에게 작살을 던지듯 그의 등에 포크를 꽂는 비신사적인 동작으로 그를 위협했다.

작살잡이들은 창이나 다른 무기들을 갈기 위해 주머니에 숫돌을 넣고 다닌다. 그들은 식탁에서 숫돌을 꺼내 보란 듯 칼을 갈았고, 그 귀에 거슬리는 소리가 불쌍한 '찐빵'을 더욱 불안하게 만들었다. 퀴케그가 섬에 살았을 시절 식인의 만행을 저질렀음이 틀림없다는 사실을 떠올릴 수밖에 없었으니, 오, 불쌍한 '찐빵'이여! 식인종 수발을 들어야만 하는 백인의 가혹한 운명이여! 팔에 냅킨을 두를 것이 아니라 방패를 둘러야 하는 것 아닌가! 하지만 감사하게도 시간이 지나면 그 바다의 전사는 자리에서 일어나 그곳을 떠나리라!

이 야만인들은 명목상 선실에 자리를 잡은 자들이었다. 하지만 그들은 한곳에 진득하게 머무는 것과는 거리가 먼 자들이었다. 그래서 식사할 때나 잠자러 갈 때를 제외하고는 좀처럼 선실에 들어가지 않았다.

이 점에서는 에이해브 선장도 미국의 여느 선장들과 다르지 않았다. 그는 선실을 당연히 선장 소유라고 생각했으며 다른 선원들을 그곳에 들이는 것을 대단한 호의로 여겼다. 따라서 피쿼드호의 항해사들과 작살잡이들은 선실 안이 아니라 선실 밖에서 생활했다고 보는 게 옳다.

그렇다고 그들이 손해 보는 건 없다. 선실 안에는 동료 간의 우정이 존재하지 않는다. 그리고 인간관계로 볼 때 에이해브 선장은 가까이할 수 없는 사람이었다. 명목상 그도 기독교 사회에 속하는 사람이었지만 엄밀히 말해 그는 이방인이었다. 그는 미주리의 마지막 회색곰처럼 이 세상에 살고 있었다. 이 들판의 야수가 봄과 여름이 지나면 나무 구멍에 숨어 발바닥을 핥으며 지내듯, 에이해브 선장의 영혼은 바람이 휘몰아치는 황량한 노년을 맞아 육신이라는 나무 구멍에 자신을 가둔 채, 자신의 우울이라는 발바닥을 핥으면서 침울하게 지냈다.

제11장 에이해브와 흰 고래

어느 날이었다. 그날따라 에이해브 선장이 뭔가 골똘히 생각에 잠긴 모습으로 갑판을 서성였다. 그의 주름도 더 깊어 보였으며 그가 걸을 때면 생각도 그의 머릿속에서 함께 걸어가는 듯 보였다. 몇 시간을 그렇게 거닐던 에이해브 선장은 다시 선실로 내려가 틀어박혀 있더니 해가 저물 무렵 다시 갑판으로 올라왔다. 그리고 고래 뼈 다리를 구멍에 꽂고 한 손으로 돛대 밧줄을 움켜쥔 채 스타벅에게 전부 고물로 집합시키라고 명령했다. 이례적인 상황이 아니라면 항해 중에 결코 있을 수 없는 명령이었기에 스타벅은 놀랐다. 하지만 그는 선장의 명령대로 선원들을 모두 집합시켰다.

선원들이 호기심 반, 어리둥절한 표정 반으로 모두 모여 선장을 주시했다. 에이해브 선장의 표정이 마치 폭풍우 직전의 수평선 날씨와 다를 바 없었기 때문이다. 에이해브 선장은 배의 현장 너머를 바라보더니 선원들을 바라보다가 다시 걷기 시작했다. 마치 주변에 아무도 없는 듯 묵직한 걸음걸이였다. 그는 고개를 숙이고 모자를 반쯤 눌러쓴 채, 의아한 마음에 수군거리는 선원들을 아랑곳하지 않고 계속 걸었다. 스터브가 플래스크에게 "뭐야. 걷는 재주라도 보여주려고 우리를 집합시킨 거야?"라고 속삭였다. 그러나 상황은 오래 계속되지 않았다. 선장은 돌연 걸음을 멈추고 큰 소리로 말했다.

"자네들, 고래를 보게 되면 어떻게 할 건가!"

"'고래다!'라고 큰 소리로 외칠 겁니다."

모두 한목소리로 즉각 대답했다.

"좋아!"

선장의 목소리에는 흡족하다는 뜻이 담겨 있었다. 그의 느닷없는 질문에 선원들이 즉각적으로 열렬한 반응을 보이자 기분이 좋아진 듯했다.

"그다음엔?"

"보트를 내리고 뒤를 쫓을 겁니다!"

"제군들, 그때 어떤 구령을 하며 배를 젓는가?"

"고래가 죽거나, 배가 부서지거나!"

선원들이 소리를 지를 때마다 노인의 얼굴이 이상하리만치 밝아졌고 선원들도 그런 간단한 질문에 쉽사리 흥분하는 자신들이 이상하다는 듯 서로의 얼굴을 쳐다보았다.

그러자 에이해브 선장이 구멍에 꽂은 다리를 중심으로 몸을 반쯤 돌린 채, 한 손에 무언가 높이 쳐들고 그들에게 다음과 같이 말했다.

"망꾼들은 이미 내게서 흰 향유고래에 대한 명령을 들었을 것이다. 자, 잘 봐라! 여기 스페인 금화가 보이는가?"

그는 반짝이는 커다란 금화를 태양을 향해 치켜들었다.

"제군들, 보아라. 16달러짜리 금화다! 자, 스타벅, 거기 큰 망치 좀 주게나."

일등항해사가 망치를 가지러 간 사이 에이해브 선장은 광이라도 내려는 듯 금화를 소맷자락으로 천천히 문질렀다.

스타벅에게서 망치를 전해 받은 선장은 한 손에는 망치를, 한 손에는 금화를 들고 주 돛대를 향해 걸어가더니 큰 소리로 외쳤다.

"자, 잘 들어라! 제군들 중 누구든, 이마에 주름이 잡히고 아가리가 삐뚤어진 흰 고래를 발견하고 내게 알려주는 자, 오른

쪽 꼬리에 구멍이 셋 뚫린 흰 머리 고래를 발견하고 알려주는 자에게는 이 금화를 주겠다!"

"만세! 만세!"

선원들은 선장이 금화를 돛에 박는 것을 보고 환호했다.

"다시 말하지만 흰 고래다!"

선장이 망치를 내던지며 말을 이었다.

"흰 고래! 제군들, 모두 두 눈 부릅뜨고 잘 살펴봐!"

그사이 타슈테고와 다구, 퀴퀘그는 다른 선원들보다 훨씬 큰 관심을 두고 선장을 쳐다보며 그의 말을 들었다. 그들은 주름 잡힌 이마, 비뚤어진 아가리라는 선장의 말에 그 어떤 개인적 기억이라도 떠오른 듯 몸을 부르르 떨었다.

타슈테고가 입을 열었다.

"선장님, 그 흰 고래는 사람들이 '모비 딕'이라고 부르는 고래가 틀림없습니다."

선장이 고함쳤다.

"모비 딕이라고? 그렇다면 자네가 그 흰 고래를 안다는 말인가?"

게이곶 출신의 작살잡이가 물었다.

"선장님, 놈이 물속으로 들어가기 전에 꼬리를 마치 부채처럼 약간 이상하게 흔들지 않나요?"

이번에는 다구가 한마디했다.

"내뿜는 물줄기도 좀 별나지 않나요? 향유고래치고도 아주 덩치가 크고 매우 빠르지요, 선장님?"

그러자 퀴퀘그도 짧게 끊어지는 어투로 말했다.

"그리고 하나, 둘, 아주 많이…… 피부에 쇠도 많아…… 전부 비뚤어져…… 이렇게…… 이렇게……."

그는 적당한 말이 생각나지 않아 코르크 마개라도 뽑는 것처럼 손을 빙빙 돌렸다.

"그래, 병따개처럼!"

에이해브가 소리쳤다.

"그래, 퀴퀘그! 녀석 몸에 꽂힌 작살은 모두 비틀리고 구부러졌다. 그래, 다구! 놈은 거대한 물줄기를 내뿜는다. 타슈테고! 놈은 마치 돌풍에 찢어진 삼각돛 같은 꼬리를 흔든다. 빌어먹을 녀석! 그래, 자네들이 본 게 바로 모비 딕이다! 모비 딕…… 모비 딕……."

그러자 스터브, 플래스크와 함께 모든 것을 바라보고만 있던 스타벅이 입을 열었다.

"선장님, 선장님의 다리를 앗아간 게 모비 딕이 아닌가요?"

"누가 그런 소리를 하던가?"

선장이 고함을 쳤다. 그는 잠시 말이 없더니 덧붙였다.

"그래, 스타벅, 맞다. 내 용감한 선원들 잘 들어라! 내 배의 돛을 부순 것도 모비 딕이었고, 내게 이 가짜 다리를 선물한 것도 모비 딕이었다. 그래, 맞다."

그는 마치 심장에 칼을 맞은 짐승처럼 울부짖었다.

"그래, 나를 파괴한 놈이 바로 그 저주받은 흰 고래다! 나를 평생 이 의족에 의지하게 한 놈이 바로 그 흰 고래다! 그래, 그래! 나는 그놈을 쫓아 희망봉을 돌고, 혼곶을 돌고, 노르웨이 앞바다 소용돌이를 뛰어넘고 지옥의 불구덩이라도 뛰어들겠다. 나는 기어코 녀석을 잡고야 말겠다. 제군, 제군들이 이 배에 오른 것은 바로 그놈을 잡기 위해서다! 놈이 검은 피를 내뿜고 지느러미가 다 빠질 정도로 몸부림치는 꼴을 보기 위해서다. 자, 어떤가? 이제 나와 손에 손을 잡고 맹세하겠는가? 나의 용감한 선원들이여!"

"좋습니다! 좋습니다!"

작살잡이와 선원들이 격정에 찬 선장을 둘러싸고 외쳤다. 그러자 선장이 반은 흐느끼는 듯이 소리쳤다.

"모두 신의 가호가 있기를! 모두에게 신의 축복이 있기를!

자, 가서 술을 잔뜩 내오도록 해라!"

명령을 내리던 선장의 눈길이 스타벅에게서 멈추었다.

"아니, 스타벅, 표정이 왜 그런가? 자네는 흰 고래를 쫓고 싶지 않은가? 모비 딕과 맞설 준비가 되어 있지 않은가?"

"선장님, 그놈의 찌그러진 아가리, 무시무시한 아가리 따위와는 맞설 준비가 되어 있습니다. 만일 그게 우리가 해야 할 일이라면 말입니다. 하지만 저는 고래를 잡으려고 이 배를 탄 거지, 선장님의 복수를 위해 이 배를 탄 게 아닙니다. 선장님, 만일 복수에 성공한다고 해도 우리가 얻을 기름이 얼마나 됩니까? 낸터컷 시장에서 벌어들일 돈은 얼마 되지 않을 겁니다. 아니, 짐승한테 복수라니요! 그냥 맹목적인 본능으로 선장님을 공격했을 뿐인데! 선장님! 짐승한테 원한을 품는 건 신성모독과 같은 겁니다!"

"낸터컷 시장? 돈? 흥! 내 말을 잘 들어. 이 지구를 금화로 뺑 둘러싸더라도, 내 분명히 말하지만, 나의 복수가 더 값진 거야. 자, 잘 생각해보자고. 사람들 눈에 보이는 건 전부 종이로 만든 가면일 뿐이야. 모든 사건, 심지어 우리가 살아간다는 그 의심할 바 없는 행위에도 미지의 그 무언가가 숨겨져 있는 법이야. 그 무언가를 가격해야 한다면 바로 그 가면을 뚫고 일격을 가해야 해! 죄수가 벽을 뚫지 않고 어떻게 감옥에서 나올 수 있나? 내게는 그 고래가 바로 내 앞에 세워진 벽이야. 그 너머에는 아무것도 없는 그런 벽! 놈은 나를 시험하고 나를 짓누르고 있어. 나는 놈에게서 불가사의한 악의가 흐르고 있는 그런 힘을 느끼고 있어. 나는 그 불가사의한 힘을 무엇보다 증오해. 그놈의 흰 고래가 그 힘을 대리 실현하는 놈이건, 바로 그 힘의 원천이건 상관없어. 나는 놈에게 내 증오를 풀어버릴 거야. 그러니, 여보게, 신성모독이란 말은 하지 마. 나를 모욕한다면 나는 태양에게라도 덤벼들 거야. 그런 눈으로 나를 보지 마. 나는 바보 같은 시선을 악마의 눈초리보다 싫어해. 이런 붉으락푸르락하고 있네. 하지만 화를 풀게. 자네를 화나게 할 생각은 없어. 스타벅, 도대체 뭐가 문제인가? 잘 생각해보게나. 그저 고래 지느러미 하나 찌르는 걸 도와달라는 것뿐이야. 스타벅 자네에게는 뭐 대단한 일도 아니잖아. 모든 선원이 숫돌로 무기를 벼리고 있는데 낸터컷 제일의 창이 하찮은 사냥터에서 머뭇거리지는 않겠지? 자, 말해보라고! 어서 말을 해봐! 그래! 그래! 아무 말도 않는군! 그게 바로 자네의 대답인가?"

여전히 스타벅이 아무 말이 없자 선장은 혼자 아무도 들을 수 없는 작은 목소리로 중얼거렸다.

"그래, 이제 스타벅도 내 편이 된 거야. 반란을 일으키지 않는 한 내게 맞설 수는 없게 된 거야."

스타벅이 낮게 중얼거렸다.

"오, 신이시여, 저를 지켜주소서! 우리 모두를 지켜주소서!"

선장이 외쳤다.

"자, 어서 술을! 술을 들라!"

작살잡이들은 작살을 들고 선장 앞에 도열했고 세 항해사는 창을 들고 선장 옆에 섰으며 나머지 선원들은 선장 주변에 빙 둘러섰다.

그것은 마치 의식 같았다. 선장이 술잔을 높이 들고 외쳤다.

"자, 항해사들은 앞으로 나와라! 창을 엇갈리게 교차해라! 용감한 작살잡이들이여! 작살에서 날을 뽑고 자루를 내밀어라. 작살 구멍에 술을 채워주리라. 자, 이제 항해사들과 작살잡이들, 둘씩 마주 보고 서도록 하라. 그리고 필살의 성배를 건네주어라."

항해사들과 작살잡이들은 선장의 명령대로 했다. 그러자 선장이 다시 말했다.

"잔을 건네주었으니 너희는 이제 끊어질 수 없는 짝으로 맺어졌다. 저기 하늘의 태양이 지켜보고 있다. 자, 마셔라, 작살잡이들아! 마시고 맹세하라! 모비 딕에게 죽음을! 우리가 모비 딕이 죽을 때까지 그를 뒤쫓지 않는다면 하나님께서 우리를 쫓으리라!"

작살잡이들은 단숨에 잔을 비우며 흰 고래에게 저주와 악담을 퍼부었다. 그리고 이어서 술이 몇 순배 더 돌았다. 스타벅은 창백한 얼굴을 옆으로 돌리고 전율했다.

얼마 후 선장이 잔을 들지 않은 손을 흔들자 모두 흩어졌고, 뒤이어 선장도 선실로 들어갔다.

제12장 모비 딕

나, 이슈마엘은 20여 명에 달하는 선원 중 하나였다. 나도 다른 선원들과 함께 맹세했고 소리 높여 다짐했다. 야성적이고 신비스러운 공감이 내 속에 자리 잡았다. 그리고 에이해브 선장의 원한이 고스란히 내 것이 되었다. 내가 다른 선원들과 함께 복수를 맹세한 그 흉악한 괴물의 정체를 알기 위해 나는 그 고래에 관한 사람들 이야기에 귀를 기울였다.

얼마 전부터 비록 드문 경우이긴 했지만 홀로 떨어져 다니는 흰 고래가 향유고래잡이 어선이 다니는 곳에 간간이 나타나곤 했다. 하지만 모든 사람이 그 존재를 알고 있는 것은 아니었고, 몇몇만이 사정을 알고 있을 뿐이었다.

바다에서 우연히 그 고래를 발견한 사람들은, 처음에는 대부분 보통 향유고래를 사냥하듯 보트를 내려 그 뒤를 쫓았다. 하지만 결국은 참사를 겪는 것으로 끝이 났다. 팔다리에 상처를 입는 정도가 아예 팔다리가 부러지거나 고래에 물려 잘려나갔고 심지어 목숨까지 잃는 일도 벌어졌다. 그러한 재난과 실패가 거듭되어 쌓이다보니 모비 딕에 대한 공포가 점점 부풀려져서 용맹한 고래잡이들의 영혼까지 뒤흔들기에 이르렀다. 그러면서 온갖 종류의 터무니없는 소문이 실제 사실들에 덧붙여졌다.

흰 고래에 관한 소문은 황량한 바다 위를 떠돌더니 결국 온갖 섬뜩한 암시, 초현실적인 요소들과 결합해 부풀려졌고, 모비 딕은 실제와는 상관없는 새로운 공포감을 주는 존재가 되어버렸다. 모비 딕에 관한 그런 억측 가운데 가장 어리석은 것 중 하나가, 모비 딕이 동시에 여러 곳에 출몰하며 정반대 위도에서 동시에 목격되었다는 미신 같은 믿음이었다. 더욱이 이 흰 고래가 엄청난 공격을 되풀이 받고도 유유히 살아 도망갔다는 사실이 알려지면서 모비 딕은 불사의 존재라는 믿음까지 널리 퍼지게 되었다. 등에 꽂힌 창이 숲을 이룰 정도였는데도 아무 일 없다는 듯 유유히 헤엄을 쳤다든가, 설사 모비 딕이 피를 흘리는 모습을 보았더라도 그건 환영에 불과하다, 놈은 몇 킬로미터 떨어진 곳에서 피 한 방울 흘리지 않은 채 깨끗한 물을 내뿜고 있었다는 식이었다.

이러한 초자연적인 능력 외에도 모비 딕의 생김새 자체가 사람들의 상상력을 자극하고도 남았다. 모비 딕을 다른 향유고래들과 구분할 수 있게 해주는 것은 그 엄청난 몸집만이 아니었다. 그것은 앞서 말했듯이 이상하게 주름이 잡힌 이마, 눈처럼 하얀 피라미드처럼 높이 솟은 혹이었다.

하지만 사실상 그 고래에게 악명을 갖다준 것은 체구나 색깔, 기형적인 아래턱 등 생김새가 아니었다. 그런 악명을 갖게 된 것은 모비 딕이 유례없이 교활하고 사악했기 때문이다. 그 고래가 고래잡이들을 공격할 때 그 얼마나 잔인하고 교활했는가를 보여주는 기록은 많이 남아 있다.

그중에서도 놈이 후퇴할 때의 모습은 압권이었다. 놈은 의기양양하게 자신의 뒤를 쫓는 추격자들 앞에서 명백하게 겁먹은 기색으로 허둥대며 도망친다. 그러다가 놈은 갑자기 몸을 돌려 그들에게 덤벼든다. 그런 후 놈은 추격하는 보트를 부숴버리거나 보트가 황망히 배로 되돌아갈 수밖에 없게 한 게 한두 번이 아니었다.

놈을 사냥하다가 목숨을 잃은 사람도 이미 여럿이었다. 물론 향유고래 사냥을 하다가 목숨을 잃는 일은 있을 수 있다. 하지만 놈의 경우는 달랐다. 대부분은, 놈이 저지른 잔혹한 행위로 보아 놈이 입힌 부상이나 살인이 미리 머리를 써서 계획한 짓이 아니라고는 도저히 믿을 수 없었다. 한번 상상해보라. 부서진 보트 조각들, 난도질당한 동료들의 사지가 떠도는 바다 한가운데서, 저 분노에 휩싸인 흰 고래의 죽음의 저주를 피해 탄생과 혼인의 미소를 띠고 있는 것 같은 밝은 태양을 향해 헤엄치면서 고래 사냥꾼들이 얼마나 미친 듯한 분노의 불꽃에 휩싸였을지!

주변에 세 척의 고래 사냥 보트가 부서져 있고 부하들이 소용돌이에 휩쓸려 있는 상황에서, 부서진 보트 앞머리에서 단검을 움켜쥔 채 맹목적으로 고래에게 돌진한 한 선장이 있었다. 15센티미터 길이의 칼날로 향유고래의 깊은 살 속에 묻힌 목숨을 끊겠다고 덤빈 것이었다. 그 선장이 바로 에이해브였다.

바로 그때 모비 딕의 낫처럼 구부러진 아래턱이 그의 발밑을 쓱 훑는가 싶더니 마치 풀을 베듯 그의 다리 한쪽을 싹둑 잘라버렸다. 그 치명적 대결 이후 에이해브 선장이 모비 딕을 향해 억누를 수 없는 증오를 키워왔다는 것은 의심의 여지가 없다.

이후 흰 고래는 에이해브 선장의 깊은 영혼을 좀먹는 사악한 권능의 화신이 되어버렸다. 에이해브 선장은 이 세상에 존재하는 온갖 악의 근원을 이 흰 고래에게 덮어씌웠다. 사람을 미치게 만들고 고통에 빠지게 하는 모든 것, 저열한 짓을 하게 만드는 것, 우리의 근육과 뇌를 마비시키는 것, 우리 안에 은밀하게 존재하는 악마적인 행동과 생각 등, 요컨대 정신이 나간 에이해브 선장에게는 이 세상 모든 악이 모비 딕으로 가시화되어 나타나서 모두와 맞서고 있는 것처럼 여겨졌다. 그는 그 고래의 하얀 혹 위에 아담 이래 전 인류가 느꼈던 모든 분노와 증오를 쌓아 올렸다.

고향으로 돌아오는 배 안에서 그는 거의 미쳐 날뛰듯 했다. 하지만 고향으로 돌아온 후 그는 겉보기에는 안정을 되찾았다. 사람들은 이제 그의 광기가 사라졌다고 믿었다. 하지만 그의 광기는 사라진 것이 아니라 안으로 교묘하게 숨은 것뿐이었다. 오히려 안으로 숨으면서 더 깊어졌다. 그리고 그의 증오가 사라지지 않은 것처럼 그의 지성 역시 멀쩡했다. 게다가 광기에 사로잡힌 그의 지성은 이전과 달리 오로지 한 가지 목표를 향하고 있었다. 따라서 그는 합리적인 목표들을 향해 분산되어 움직일 때보다 더 큰 잠재력을 지니고 더 큰 힘을 발휘할 수 있었다.

마음속에 깊은 증오를 비밀처럼 감춘 채 에이해브 선장은 흰 고래를 쫓겠다는 단 하나의 목적으로 이번 항해에 나섰다. 뭍에서 그를 알고 있던 사람들이 그가 무엇에 사로잡혀 있는지 알았더라면 경악하여 이 악마 같은 사람에게서 마땅히 배를 빼앗았으리라! 그러나 그들은 오로지 이익, 달러로 계산될 수 있는 이익에만 몰두했다. 그리고 그런 관점에서 보면 그는 유능한 고래잡이배 선장이었다. 정작 그는 그 무엇으로도 억누를 수 없는 대담하고, 초자연적인 복수에만 몰입해 있었건만!

이 불경한 반백의 노인은 입으로 저주를 퍼부으며 이 욥의 고래를 찾아 그렇게 세상 전체를 헤매게 된 것이다. 게다가 그는 이교도 혼혈아, 천민, 식인종으로 이루어진 선원들을 지휘하고 있었다. 그 집단은 도덕으로 굳건히 무장된 집단이 아니었다. 미덕과 양식을 지녔으나 강력한 영향력을 발휘하지 못하는 스타벅, 언제나 명랑하긴 하지만 기본적으로 매사에 무관심하고 무모하기까지 한 스터브, 평범하기 짝이 없는 플래스크가 그들을 이끌고 있었기 때문이다. 그 배의 선원들과 간부들은 마치 에이해브 선장의 편집증적인 복수를 돕기 위해 불길한 운명이 골라서 뽑은 것처럼 보였다.

도대체 선원들은 어떻게 노인의 분노에 그렇게 열광할 수 있었던가? 무엇이 그들을 사로잡았기에 노인의 철천지원수를 마치 자신의 원수처럼 여기게 되었을까? 도대체 흰 고래는 그들에게 무엇이었을까? 어떻게 아무런 의식 없이 흰 고래를 삶의 바다에서 헤엄치는 거대한 악마로 받아들이게 되었을까?

아마 인간성의 더 깊은 곳에 관한 탐사가 있어야만 설명할 수 있으리라. 지금으로써는 모두 그 짐승을 악의 화신으로 여기고 돌진하게 되었다는 것, 그것만이 확실할 뿐이다.

제13장 해도

바로 그날 밤 누군가 에이해브 선장을 따라 선실로 들어갔다면 그가 벽장에서 누르스름한 해도(海圖) 두루마리를 꺼내어 탁자 위에 펼치는 모습을 볼 수 있었을 것이다. 그런 다음 해도의 이런저런 색과 선을 살펴본 후 느릿하지만 확실한 손놀림으로 빈 여백에 선을 긋는 모습을 볼 수 있었을 것이다. 그는 이따금 옆에 놓인 낡은 항해일지를 뒤적이기도 했다. 거기에는 여러 선박이 다양한 항로를 거쳐 향유고래를 잡거나 목격한 때와 장소가 기록되어 있었다.

에이해브 선장이 이렇게 선실에 홀로 앉아 해도를 펼쳐놓고 생각에 잠긴 것은 그날이 처음이 아니었다. 그는 거의 매일 밤 해도를 꺼내놓고 연필 자국을 지우거나 새로 그려 넣곤 했다.

그는 4대양의 해도를 전부 펼쳐놓고 해류와 소용돌이의 미로를 더듬었다.

바다 거수의 습성을 잘 모르는 사람에게는 이 무한히 광대한 대양에서 특정한 한 마리의 고래를 찾는다는 게 더없이 무모한 짓으로 여겨질지 모른다. 하지만 에이해브 선장의 생각은 달랐다. 해류와 조류의 흐름에 정통한 그는 향유고래 먹이의 이동 경로를 계산할 수 있었다. 그리고 어느 시기 어느 위도에서 향유고래를 잡을 수 있는지도 정확히 파악할 수 있었다. 그러니 언제 어디 도착해야 먹잇감을 사냥할 수 있을지 추측을 넘어 확실하게 판단할 수 있었다.

게다가 향유고래들은 먹이를 찾아 한곳에서 다른 곳으로 이동할 때면 신으로부터 부여받은 그 어떤 재능에 의해 이른바 맥(脈)을 따라 이동하며, 한 치의 오차도 없이 정해진 바닷길을 따라간다. 특정한 시기에 그 경로를 따라가며 살펴보면 반드시 향유고래를 발견할 수 있는 것이다.

에이해브 선장은 모비 딕이 여러 해 동안 계속해서 같은 시기 같은 장소에서 정기적으로 발견되었음을 알아냈다. 그리고 1년 주기로 어느 지역에 일정 기간 머무는 것도 알게 되었다. 흰 고래와의 사투가 벌어지는 곳은 대개 그곳이었으며, 그 일대에서 모비 딕에 관한 수많은 전설이 형성되었다. 그곳은 바로 이 편집광 노인네가 복수의 일념에 사로잡히게 만든 사건이 벌어진 곳이었다.

그러나 그 모든 것이 사실이라 할지라도 신중하고 냉정하게 따져보면, 이 광대한 대양에서 비록 재수가 좋아 그 고래를 만난다 하더라도 그 고래가 자신이 찾아 헤매던 바로 그 고래임을 알아본다는 것이 도대체 가능한 일인가? 그건 정말 미친 짓이 아닌가?

아니다. 모비 딕의 눈처럼 하얀 이마, 눈처럼 하얀 혹은 절대로 잘못 볼 수가 없다. 에이해브 선장은 자정이 지나도록 늦게까지 해도를 들여다보다가 몽상에 잠기며 중얼거리곤 했다.

"내가 그놈에게 표시해놓았지. 내가 표시를 해놓았는데 어딜 도망간단 말인가? 놈의 거대한 지느러미에 구멍이 뚫려 있고 길 잃은 양의 귀처럼 찢어져 있는데!"

그 생각에까지 이르면 그는 거의 착란 상태에 빠져 계속 숨을 헐떡이다가 결국 기진해 비틀거릴 지경에 이르렀다. 그러면 그는 갑판에 올라 신선한 공기를 마시며 겨우 정신을 차렸다. 오, 주여! 대체 그는 그 어떤 고통에 시달리고 있는 것입니까? 저 지칠 줄 모르는 복수의 열망에 사로잡힌 저 사내는!

제14장 에이해브의 계산과 첫 번째 출격

자신의 목표를 달성하려면 에이해브 선장에게는 도구가 필요했다. 그리고 하늘 아래 사용할 수 있는 모든 도구들 가운데 가장 고장이 잦은 것이 바로 인간이었다. 예를 들어 그가 스타벅에게 거의 자석과도 같은 영향력을 발휘하고 있지만 그 영향력이 스타벅의 영혼에까지 미치고 있다고는 할 수 없었다. 에이해브 선장이 스타벅의 머리 위에서 자력을 발휘하는 한에서만 스타벅의 몸이나 억압된 의지는 그의 소유였다. 하지만 이 일등항해사가 저 깊은 영혼 속으로는 선장의 목표를 못마땅하게 여긴다는 사실, 할 수만 있으면 기꺼이 발을 빼고 더 나아가 일을 그르치게 할 수도 있다는 사실을 그는 잘 알고 있었다.

흰 고래를 발견하려면 오랜 시일이 걸릴지도 모른다. 그동안 스타벅이 선장의 명령에 공공연히 반기를 들지도 모를 일이었다. 더욱이 에이해브 선장 자신이 선원들에게 불러일으킨 모비 딕을 향한 분노와 공포 자체를 어느 정도 잠재울 필요가 있었다. 인간이란 가시적으로 드러나지 않고 머릿속에서만 맴도는 공포를 오래 견디지 못하는 법이기 때문이다.

물론 에이해브 선장이 자신의 목표를 선원들에게 공표했을 때 그들은 환호했다. 그러나 뱃사람은 본래 변덕이 심한 편이다. 그들이 너무 멀리 있어 눈에 보이지 않는 그 목표를 향해 아무리 열광적으로 환호했다 하더라도 눈앞에 이익과 관심사를 끊임없이 던져주지 않는다면 그 환호는 금세 사그라질 게 뻔하다.

또한 에이해브 선장은 인간의 천성이란 본래 천박하다고 생각했다. 흰 고래를 잡겠다는 드높은 열망이 언제 식어버릴지 모르는 게 인간이다. 그렇기에 그들에게는 끊임없이 눈앞의 먹이가 필요하다. 게다가 자신이 거의 충동적으로 자신의 속마음을 선원들에게 공개했으니 자신의 개인적 목적을 위해 배를 강탈했다고 비난받아도 어쩔 수 없는 노릇이었다. 그런 명목으로 선원들이 반란을 일으켜도 변명의 여지가 없었다. 그러니 미리 자신을 보호해야만 했다.

이런 여러 가지 점을 고려해서 에이해브 선장은 대책을 마련했다. 즉, 비록 모비 딕을 쫓는 것을 궁극적인 목표로 삼되 피쿼드호가 본래 지니고 있던 본연의 임무를 그대로 수행하기로 한 것이다. 그는 자신이 일반적인 고래잡이배 선장의 임무에도 충실한 사람임을 선원들에게 보여줄 필요가 있다고 결론 맺었다.

그리하여 이제 우리는 돛대 꼭대기를 향해, 두 눈 똑바로 뜨고 살펴보아라, 돌고래 한 마리라도 놓치지 말라고 그가 소리치는 모습을 자주 볼 수 있게 되었다. 그리고 이런 경계심은 곧 보상을 받게 되었다.

구름이 드리운 후텁지근한 어느 날 오후였다. 선원들은 하릴없이 갑판 위를 어슬렁거리거나 납빛의 바다를 무심하게 바라보고 있었다. 나는 퀴퀘그와 함께 우리 배에서 여분으로 사용할 밧줄을 한가롭게 꼬고 있었다. 사방이 너무나 고요하고 가라앉아 있었지만 꼭 무슨 일인가 벌어지기 직전처럼 보이기도 했다. 나는 밧줄을 꼬면서 마치 기계적으로 운명을 짜고 있는 것만 같았다. 우연과 필연과 자유의지의 실로 짜는 밧줄, 이것이 바로 운명이 아니런가?

그렇게 하염없이 밧줄을 꼬고 있을 때였다. 거칠고 초자연적인 운율을 지닌 이상한 소리가 길게 들려와 나는 놀라서 밧줄을 떨어뜨리고 자리에서 일어났다. 그리고 나는 그 소리가 내려오는 구름 쪽으로 시선을 향했다. 그러자 높은 돛대의 활대 위에 서 있는 타슈테고의 모습이 보였다. 그가 몸을 앞으로 한껏 내민 채 팔을 막대기처럼 뻗고 마치 미치광이처럼 단속적으로 계속 고함을 질러대고 있었다.

"고래 물줄기다! 저기다, 저기! 물줄기다! 고래 물줄기!"

"어느 쪽이냐!"

"바람이 불어가는 쪽 3킬로미터 전방 측면이다! 고래가 떼지어 있다!"

곧바로 배 위에서는 전투준비를 위한 소란이 일었다. 향유고래들은 시계처럼 정확하게 물을 내뿜으며, 고래잡이들은 그것으로 향유고래를 다른 고래와 구별할 수 있다.

"저기, 꼬리가 보인다!"

타슈테고가 다시 고함을 질렀다. 고래들이 잠수한 것이다.

피쿼드호가 멈춰 섰다. 배에 남아 있을 선원 한 명이 돛대 위로 올라가 타슈테고와 교대했다. 앞쪽 돛대와 뒤쪽 돛대에 올라 있던 선원들도 모두 내려왔다. 이윽고 선원들이 보트 걸이에서 세 척의 보트를 풀었고, 주 돛대의 활대들이 바싹 당겨진 채 보트들은 바다 위에 매달렸다. 선원들은 배에 타고 싶어 안달하며 한 손으로 난간을 붙잡은 채 이미 한쪽 발을 뱃전에 올리고 있었다.

그런데 바로 그 결정적인 순간에 뭔가 외침이 들렸고 선원들은 모두 소리가 들리는 쪽으로 고개를 돌렸다. 그리고 모두 에이해브 선장의 음산한 모습을 보고 화들짝 놀랐다. 그가 마치 허공에서 형체를 드러낸 것 같은 거무스름한 다섯 유령에 둘러싸여 있었던 것이다.

유령들은—어쨌든 당시에는 영락없이 그렇게 보였으니—갑판 저쪽에서 날렵한 동작으로 말없이 능숙하게 보트의 도르래와 밧줄을 풀었다. 그 보트는 명목상 '선장용 보트'라 불렸지만 실제로는 우현 후미에 매달려 있던 일종의 보조 보트였다.

지금 그 보트 뱃머리에 키가 크고 거무튀튀한 한 사내가 강철 같은 입술 사이로 삐져나온 흰 뻐드렁니를 드러내고 서 있었다. 그는 잔뜩 구겨진 무명으로 된 온통 검은색의 중국식 상의와 똑같은 색으로 된 헐렁한 바지를 입고 있었다. 하지만 머리에는 기이하게도 흰색으로 빛나는 터번을 두르고 있었다. 하지만 그 터번은 실제로는 그의 머리를 감아 올린 것이었다. 나머지 네 명의 사내들은 마닐라 원주민 특유의 호랑이처럼 누런 피부를 하고 있었다. 백인들 사이에서는 교활하고 사악하기로 악명이 높은 종족이었다.

선원들이 이 낯선 자들을 의아한 눈길로 바라보고 있는데 에이해브 선장이 그들의 우두머리 격인 터번을 두른 사내에게 소리쳤다.

"페달라, 준비되었나?"

"준비됐습니다."

반쯤 쉰 목소리가 대답했다.

"그러면 밧줄을 풀고 바다에 띄워! 뭐 하는 거야! 어서 띄우라니까!"

목소리가 어찌나 우렁찼는지, 그들뿐 아니라 그들을 보고 있던 선원들도 화들짝 놀라서 난간을 뛰어넘었다. 이윽고 첨벙하는 소리가 나더니 보트 세 척이 바다에 내려앉았고 선원들은 다른 직업을 가진 사람들에게서는 볼 수 없는 기민한 동작으로 흔들리는 뱃전에서 보트로 뛰어내렸다.

세 척의 보트가 바람을 등지고 본선에서 벗어나자마자 바람이 불어오는 쪽에서 본선의 우측 고물을 돌아 네 번째 보트가 나타났다. 다섯 명의 이방인들이 보트에 타고 에이해브 선장은 후미에 꼿꼿하게 서 있었다. 에이해브 선장은 스타벅과 스터브

그리고 플래스크를 향해 간격을 벌려 넓게 퍼지라고 외쳤다.

스타벅이 에이해브 선장에게 말했다.

"선장님, 그러니까……."

에이해브 선장이 소리쳤다.

"넓게 펼치라니까! 플래스크, 자네는 바람을 등지고 좀 더 멀리 가고."

"네, 네, 알겠습니다."

플래스크는 큼지막한 키잡이 노를 휘저으며 대답한 후 보트에 탄 선원들에게 노래하듯 말했다.

"자, 노를 저어라! 힘껏 저어라! 뭘 쳐다보고 있는 거냐? 저 배에 있는 이상한 놈들? 어디서 왔든 무슨 상관이냐! 지원병이 다섯 명 늘어난 것뿐이다. 악마인들 대수냐!"

에이해브 선장의 명령에 따라 스타벅의 배는 스터브 배의 뱃머리를 비스듬히 가로질러 앞서 나갔다. 두 보트가 서로 닿을락 말락 하는 짧은 순간을 틈타서 스터브가 일등항해사에게 큰 소리로 말했다.

"항해사님! 괜찮으시다면 잠시 이야기 좀 나눕시다. 저 노랑이들, 어찌 된 걸까요?"

"어떤 식으로건 출항할 때 몰래 태운 거겠지. 선주들이 받아들이지 않았을 자들이니까. 하지만 무슨 상관있겠나? 부하들에게 노나 힘껏 저으라고 해. 우리 눈앞에 엄청난 양의 향유고래 기름이 있을 뿐이야. 우리는 그 때문에 배를 탄 것 아닌가."

스타벅이 탄 보트가 멀어지자 스터브는 중얼거렸다.

"그래, 알게 뭐야. 그래서 선장이 그렇게 자주 선창에 들락날락했군. 놈들은 거기 숨어 있었던 거야. 이 모든 일의 중심에는 흰 고래가 있고…… 에라 모르겠다. 어쩔 수 없잖아!"

그런 후 그가 부하들에게 큰 소리로 명령했다.

"자, 힘껏 노를 저어라! 오늘은 흰 고래가 아니다! 자, 힘껏 노를 저어라!"

그러는 사이 에이해브 선장은 다른 항해사들의 보트를 한참 앞질러 가고 있었다. 그 배에 탄 자들이 얼마나 유능한지를 보여주고 있는 모습이었다. 그들은 모두 마치 강철과 고래 뼈로 몸이 만들어진 것 같았다. 에이해브 선장은 안정된 모습으로 키잡이 노를 조종하고 있었다.

에이해브 선장의 뒤로 뻗은 팔이 독특하게 움직이다 멈춰 서자 보트의 노 다섯 개가 동시에 곧추세워졌고 보트는 바다 위에 꼼짝 않고 멈춰 섰다. 그러자 뒤에서 간격을 두고 따라오던 보트들로 일제히 멈췄다. 고래들은 일제히 바다 물결 아래 자취를 감추고 있었지만, 고래들 가까이 있던 에이해브 선장은 그들을 감지할 수 있었다.

내가 타고 있던 보트에서 스타벅이 외쳤다.

"자, 모두 노를 잡고 살펴라. 그리고 퀴퀘그는 일어서라!"

그의 명령에 퀴퀘그는 일어섰다. 그는 뱃머리의 삼각대 위로 올라가서 꼿꼿이 선 채 바다를 응시했다. 스타벅은 고물 쪽 삼각대 위로 올라가 능숙하게 균형을 잡고 말없이 거대하고 푸르른 바다를 응시했다.

나머지 배들도 모두 바다를 응시하고 그렇게 조용히 떠 있었다. 순간 스터브의 보트에 타고 있던 타슈테고가 흥분한 목소리로 외쳤다.

"앉아, 자 모두 앉아서 노를 저어라! 저기 고래가 있다!"

뭍에서 생활한 사람에게는 그 순간 고래는커녕 정어리 한 마리도 눈에 들어오지 않았을 것이다. 눈에 들어오는 것이라고는 흰 물살을 일으키며 요동치는 에메랄드빛 망망대해와 바람이 불어오는 쪽으로 흩어지는 하얀 물줄기뿐이었다. 그러나 그 밑에서 고래들이 헤엄치고 있었다. 그 물줄기가 바로 그들이 존재하고 있음을 알리는 신호였다.

네 척의 보트가 공기 중에 떨리는 그 물줄기를 향해 일제히 돌진했다. 하지만 물줄기는 보트들을 훨씬 앞질러, 마치 급류에 실려 언덕을 내려오는 물거품 덩어리처럼 쉬지 않고 흘러갔다. 보트들은 그 뒤를 맹렬하게 추격했다.

공포심까지 불러일으키는 참으로 경이로운 광경이었다. 파도를 타고 오르내리며 물살을 가르는 보트들, 보트의 우두머리들과 작살잡이들의 외침, 부들부들 떨리는 노잡이들의 거친 호흡, 그 뒤를 따르는 상아색 피쿼드호! 장관이었고 전율 그 자체였다.

바다에 드리운 암갈색 구름 그림자가 짙어지면서 추격자들이 만드는 흰 파도는 점점 더 또렷이 그 모습을 드러냈다. 솟구치는 물줄기가 좌우로 퍼졌다. 고래들이 간격을 넓히는 모양이었다. 보트들도 사이를 더 벌렸다. 스타벅은 바람 방향으로 곧장 도망가는 세 마리의 고래를 추격했다. 돛을 한껏 펼치고 있는데다 바람도 거세어서 보트는 미친 듯 파도를 헤치며 앞으로 나아갔다.

그렇게 달리다보니 우리는 어느새 드넓게 펼쳐진 안개에 휩싸여 피쿼드호도, 다른 보트들도 보이지 않았다.

"자, 힘내서 노를 저어라!"

스타벅이 말했다.

"폭풍우가 몰려오기 전에 한 마리쯤 죽일 수 있을 거다! 자, 저기 물기둥이 보인다! 자, 바짝 붙여라! 돌진!"

얼마 후 우리 보트 양옆에서 잇따라 날카로운 외침이 들린 것으로 보아 다른 보트들도 속도를 높인 모양이었다. 퀴케그가 작살을 들고 벌떡 일어났다. 엄청난 소리가 가까운 데서 들렸다. 흡사 쉰 마리의 코끼리가 내는 것 같은 소리였다. 보트는 쏜살같이 앞으로 나아갔다.

"저기 등이 보인다! 저기, 저기! 자, 한 방 먹여라!"

스타벅의 외침이었다.

뭔가 보트로부터 휙 날아가는 소리가 들렸다. 퀴케그가 던진 작살이었다. 아주 가까운 곳에서 뜨거운 수증기가 솟구쳤고 우리 발밑에서 뭔가 지진처럼 요동쳤다. 불어닥친 폭풍우에 거센 파도가 일었고, 선원들은 모두 하얀 물살을 뒤집어썼다. 돌풍 같은 물살, 고래, 작살이 뒤섞였고 작살에 가벼운 상처를 입은 짐승은 도망가버렸다.

보트는 물에 완전히 처박혔지만 그래도 거의 말짱했다. 우리는 헤엄쳐 물에 떨어진 노를 건져 뱃전에 묶은 후 제자리를 찾아 앉았다. 무릎까지 물이 찼고 배는 반쯤 가라앉은 채 바다에 떠 있었다.

점점 바람이 거세졌다. 다른 보트들을 소리쳐 불렀지만 소용이 없었고 본선의 모습은 보이지 않았다. 스타벅은 방수 통에서 성냥을 꺼내 간신히 호롱불을 밝혔다. 그렇게 우리는 뼛속까지 스며드는 추위에 떨며 밤을 지새웠다.

이윽고 날이 밝자 우리는 겨우 고개를 들어 주변을 살펴보았다. 바다에는 여전히 안개가 자욱했고 아무것도 보이지 않았다.

그때였다. 퀴퀘그가 벌떡 일어나더니 손을 오므려 귀에 댔다. 잠시 후 모두 지금까지 폭풍 때문에 들리지 않던 소리를 들을 수 있었다. 밧줄과 활대 소리였다. 소리는 점점 가까워졌다. 이윽고 본선이 완전히 우리의 시야에 들어왔을 때 우리는 일제히 바다에 뛰어들었다. 본선이 우리를 짓눌러버릴 듯한 기세로 가까이 다가왔기 때문이다.

우리는 구조되어 배에 올랐다. 다른 고래잡이 보트들은 폭풍이 몰려오자 고래에 꽂혀 있던 작살 줄을 끊고 때맞춰 본선으로 돌아갈 수 있었다고 했다. 피쿼드호는 우리를 찾을 수 있다는 희망을 거의 포기했었으며, 우연히 노나 작살 자루 같은 우리의 유품들이라도 건질까 해서 돌아다니던 중이었다.

뒷이야기 한마디 더 하자.

갑판에 마지막으로 들어 올려진 나는 퀴퀘그에게 고래잡이를 하다보면 이런 일이 자주 일어나느냐고 물었다. 그는 그저 심드렁하게 그렇다고 짧게 대답했다. 나는 이번에는 태연하게 파이프를 물고 있는 스터브에게 물었다.

"항해사님, 일등항해사님처럼 신중하고 사려 깊은 사람은 본 적이 없다고 했지요? 아니, 자욱한 안개에 돌풍까지 부는데 돛을 높이 올리고 고래를 쫓는 게 신중한 처사인가요?"

"물론이지. 그보다 더한 경우도 있어. 고래 아가리로 곧장 들어갈 수도 있는 거야."

그들의 대답을 들은 후 나는 퀴퀘그를 집행인 겸 증인 겸 상속자로 삼아 유언을 작성해놓았다. 그리고 기꺼이 죽음과 파멸의 구렁텅이로 빠져들 준비를 했다.

제15장 유령 물기둥

몇 날이 지나고 몇 주가 흘렀다. 피쿼드호는 순풍에 돛을 달고 각기 다른 어종의 어장이 형성되어 있는 네 개의 해역을 천천히 통과했다.

마지막 해역을 통과할 때였다. 고요한 달밤이었고 바다는 은빛 침묵에 싸여 있었다. 그런데 뱃머리 한참 앞쪽에 은빛 물기둥이 보였다. 달빛을 받은 물기둥은 마치 천상의 존재 같았으며, 깃털이 달린 어떤 신이 물에서 나와 빛을 발하는 것 같았다.

그 물기둥을 제일 먼저 발견한 사람은 페달라였다. 그런 달밤에도 망루에 올라 대낮처럼 세심하게 망을 보는 것이 그의 버릇이었다. 하지만 설사 한밤중에 고래 떼를 발견하더라도 그걸 잡겠다고 보트를 내릴 선원은 백 명 중 한 명도 되지 않으리

라. 그러니 저렇게 상식을 벗어난 시간에 돛대 꼭대기 망루에 서 있는 저 늙은 동양인의 모습을 바라보면서 선원들이 어떤 느낌이 들었을지 한번 상상해보라.

침묵 속에서 달을 벗 삼아 여러 날 망루를 지키던 그가 마침내 침묵을 깨고 은빛 물기둥을 발견했다고 고함을 치자, 드러누웠던 선원들이 벌떡 일어났다.

"고래 물기둥이다! 은빛 물기둥이다!"라는 그 외침! 최후의 심판 날이 왔음을 알리는 나팔 소리가 울렸더라도 선원들은 이보다 더 심하게 전율을 느끼지 않았을 것이다. 하지만 그것은 공포의 전율이 아니었다. 그것은 환희의 전율이었다. 비록 이례적인 시간이었지만 고래잡이배 선원들은 본능적으로 그 외침에서 환희를 느꼈고, 더욱이 광란에 가까운 흥분된 외침이었기에 더 자극적이었다.

에이해브 선장은 갑판 위를 비틀비틀 걸으며 돛을 모두 펼치라고 명령했다. 돛대마다 망꾼을 올려 보내고 모든 준비를 마친 배는 바람을 받으며 전진했다. 가장 숙련된 선원이 키를 잡았다. 선원들을 지휘하는 에이해브 선장은, 마치 삶과 죽음이라는 상반된 힘이 내면에서 싸움을 벌이는 것처럼 보였다. 멀쩡한 한쪽 다리는 갑판 위에서 살아 있는 메아리를 만들어내고 있었지만 죽은 다리로 걸음을 옮길 때면 관에 못을 박는 소리가 났다. 이 늙은이는 삶과 죽음 위를 걷고 있었던 것이다.

그러나 그날은 그뿐이었다. 배가 전속력으로 달리면서, 선원들 모두 두 눈을 부릅뜬 채 앞을 살펴보았지만 그날 밤 은빛 물기둥은 더 이상 보이지 않았다. 선원들은 모두 그 물기둥을 딱 한 번 보았을 뿐 두 번 다시 보지 못했다고 단언했다.

며칠이 지나 선원들이 그 일을 거의 잊어갈 무렵 다시 한 번 페달라의 외침이 울렸다. 하지만 이번에도 똑같은 일이 반복되었다. 선원들이 모두 은빛 물기둥을 볼 수 있었지만 돛을 펼치자 물기둥은 언제 그랬냐는 듯 사라져버렸다. 그리고 그런 일이 밤마다 계속되었다. 달과 별이 빛나는 가운데 신비스럽게 나타났다가 온종일, 혹은 이삼일 동안 사라져버리는 이 물기둥, 점점 더 우리와 거리를 두는 것 같은 이 물기둥은 마치 우리를 어디론가 더 멀리로 유혹하는 것 같았다.

비록 물기둥을 발견한 시간이나 장소가 서로 멀리 떨어져 있었지만 선원들은 차츰 그게 똑같은 물기둥이라는 생각을 갖게 되었다. 뱃사람들의 미신 탓이기도 했고 피쿼드호를 따라다니는 것 같은 초자연적인 분위기 탓이기도 했다. 이들은 이 물기둥의 고래가 바로 모비 딕이라고 단언했다. 그리고 선원들은 한동안 이 유령 물기둥에서 오싹한 공포를 느꼈다. 이 괴물이 가장 사납고 외딴 바다로 우리를 유인한 뒤 방향을 바꾸어 우리 배를 산산조각 내려는 속셈을 갖고 있으리라는 공포였다. 날씨가 계속 화창했기에 그와 대조적으로 선원들을 사로잡은 어두운 공포는 그만큼 더 강력한 힘을 발휘했다.

그런 가운데 배는 희망봉의 험하고 거친 바다를 지났다. 검은 바다는 사납게 출렁였고 거세게 밀려드는 해류는 마치 이 광활한 우주의 영혼이 이제까지 지은 모든 죄와 그로 인한 고통에 번민하는 것 같았다.

어찌하여 이곳을 '희망봉'이라고 부르는 것인가? 이전처럼 그냥 '돌풍봉'이라고 부르는 게 옳지 않겠는가? 죄와 고난의 돌풍이 휘몰아치는 곳! 죄를 지은 자들이 새나 물고기로 변하여 머물 곳을 찾지 못하고 영원히 허우적거리도록 처형받은 곳! 우리는 바로 그 고난의 '돌풍봉'에 던져져 있는 존재가 아니던가!

하늘을 향해 깃털 같은 분수를 내뿜으며 우리에게 따라오라는 신호를 보내는 그 외로운 물기둥, 부동(不動)의 조용한, 눈처럼 하얀 그 무엇에서 뿜어져 나오는 것이 틀림없을 그 물기둥은 그곳에서도 여전히 우리 눈앞에 나타나 우리를 유혹하고 있었다.

휘몰아치는 돌풍과 뱃전을 넘나드는 파도, 그 모든 것들 앞에서 선원들은 흔들릴 수밖에 없었지만 에이해브 선장만은 돌풍과 맞선 자세를 절대 풀지 않았다. 낮 동안 녹초가 된 몸이 휴식을 요구할 때조차 그는 침대에 눕지 않았다. 어느 날 기압계를 보려고 선실에 내려갔던 스타벅은 물이 뚝뚝 떨어지는 모자와 코트를 입은 채 해도를 앞에 놓고 꼿꼿하게 앉아 있는 노인이 모습을 보고 진저리를 쳤다.

'무서운 늙은이 같으니! 이런 돌풍에도 잠잘 시간에까지 목표물을 놓지 않고 있다니!'

제16장 스터브, 고래를 잡다

희망봉을 지난 우리 배는 자바섬을 향해 북동쪽으로 계속 항해하다가 거대한 대왕오징어를 만났다. 대왕오징어를 만난 포경선 치고 무사히 돌아가 무용담을 들려준 배는 거의 없다는 말이 떠돌 정도로 무시무시한 바다 괴물이었다. 어떤 이는 바다를 휘젓고 다니는 생물 가운데 가장 크고 무서운 것이 바로 대왕오징어라고 말하기도 한다. 하지만 실제로 모습을 드러내는 경우가 극히 드물어서 크기나 모습에 대해서 정확히 알고 있는 사람은 거의 없다. 그러면서도 포경선 선원들은 대왕오징어가 향유고래의 유일한 먹이일 것이라고 상상한다. 향유고래가 수면 아래 보이지 않는 곳에서만 먹이를 취했기에 무엇을 먹는지 알 수 없어 생긴 상상이리라.

대왕오징어는 우리와 맞닥뜨리자 잠깐 모습을 보이고는 이내 물속으로 사라졌다. 스타벅은 대왕오징어를 만났다는 사실 자체를 불쾌하게 여겼다. 그는 "네놈을 보니 차라리 모비 딕과 싸우는 게 낫겠다"고 중얼거렸다. 그에게는 그것이 무슨 나쁜 일이 일어날 전조처럼 여겨졌다. 그러나 퀴퀘그의 의견은 달랐다. 그는 작살 날을 갈며 말했다.

"오징어, 그거 본다, 그러면 향유고래 본다."

다음 날은 무척이나 잔잔하고 무더운 날이었다. 우리 배는 인도양을 지나고 있었다. 나는 내 순서가 되어 앞 돛대 위 망루에 올랐다. 나는 느슨한 돛대 밧줄에 몸을 기댄 채 나른함을 견디지 못하고 꾸벅꾸벅 졸고 있었다. 주 돛대와 뒤쪽 돛대에 오른 선원들도 마찬가지였다. 세 사람 다 흔들리는 배를 따라 마구 몸이 흔들리고 있었고, 저 아래 키잡이도 고개를 꾸벅이고 있었다. 파도 마루도 나른하게 꾸벅이는 것 같았고 바다도 태양도 졸고 있는 것 같았다.

갑자기 감긴 눈꺼풀 아래서 뭔가 거품이 터지는 것 같은 느낌이 왔다. 나는 내 두 손으로 마치 바이스처럼 돛대 밧줄을 움켜쥐고 있었다. 나는 흠칫 놀라며 정신을 차렸다. 앞쪽 아주 가까운 곳에서 엄청나게 큰 향유고래 한 마리가 뒤집힌 군함처럼 몸을 굴리고 있었다. 고래는 한가로이 몸을 뒤집으며 가끔 차분하게 물기둥을 뿜어냈다. 마치 한가롭게 파이프를 피우고 있는 시골 유지 같았다.

돛대 위의 세 선원이 일제히 "고래다!"라고 고함을 쳤고 곧 배에서는 소동이 일었다. 재빨리 보트가 내려졌고 우리는 고래에게 들키지 않기 위해 조용히 노를 저어 접근했다. 고래는 우리의 존재를 모르는 양 바람이 불어가는 쪽으로 천천히 헤엄치기 시작했다. 그렇게 추격전이 시작되었고 어느 순간 거수는 허공으로 꼬리를 12미터나 곧추세우더니 마치 탑이 함몰하듯이 바닷속으로 들어가버렸다.

스터브는 파이프에 담뱃불을 붙였다. 그때 다시 "고래가 보인다!"라는 외침이 울렸고 다시 고래가 떠올랐다. 고래는 스터브의 보트에서 가장 가까운 거리에 있었다. 스터브는 '이 고래는 내 차지다!'라는 생각과 함께 파이프를 뻑뻑 빨아대며 부하들을 독려했다.

다들 죽기 살기로 노를 저었고 마침내 스터브가 반가운 소리를 할 수 있을 만큼 보트가 고래 가까이 다가갔다.

"자, 타슈테고! 어서 일어나서 한 방 날려라!"

작살이 날아갔다.

"뒤로, 뒤로!"

노잡이들이 뒤로 노를 저었다. 바로 그 순간 뭔가 뜨거운 것이 선원들의 손목을 스치고 휙 지나갔다. 마술 밧줄이었다. 스터브는 밧줄을 기둥에 재빨리 감았다. 몇 번을 감자 밧줄은 자리를 잡고 버티기 시작했다. 이제 보트는 부글부글 끓는 바다 위를 마치 지느러미를 펼친 상어처럼 고래와 반대 방향으로 빠르게 돌진했다. 그리고 바로 그 순간 스터브와 타슈테고는 각기 이물과 고물의 자기 자리를 맞바꾸었다. 보트가 그토록 심하게 흔들리고 있는 상황에서는 위험천만한 일이었다.

밧줄이 팽팽하게 당겨졌고, 마침내 고래가 도주 속도를 늦추었다. 스터브가 보트 앞머리의 노잡이에게 외쳤다.

"자, 당겨라, 당겨!"

고래에게 뒤를 끌려가던 형국이었던 보트는 방향을 틀어서 이제 고래 쪽을 향해 나아가기 시작했다. 이윽고 보트가 고래와 나란히 있게 되자 스터브는 밧줄 걸이에 무릎을 단단히 걸고 고래를 향하여 창을 던지고 또 던졌다. 그의 지시에 따라 보트는 뒤로 물러났다가 다시 창을 던질 수 있는 거리로 전진하기를 반복했다.

어느새 괴물의 몸 여기저기서 붉은 피가 마치 언덕을 흘러

내리는 개울처럼 흐르기 시작했다. 이제 괴물의 고통스러운 몸뚱이는 바닷물이 아니라 부글부글 끓고 있는 핏물 속에서 몸부림을 치고 있었다. 햇빛이 선홍빛 바다에 떨어졌다가 반사되어 모두의 얼굴을 비추는 바람에 다들 홍인종처럼 얼굴이 붉어졌다. 그사이에도 고래는 고통스러운 물줄기를 분수처럼 위로 내뿜고 있었고 흥분한 스터브는 맹렬하게 담배 연기를 뿜어내고 있었다. 스터브는 창을 던지고 난 후에는 구부러진 창을 끌어당겨―창에도 작살처럼 밧줄이 매여 있었다―뱃전에서 곧게 편 다음 다시 던지고 또 던졌다.

마침내 그가 이물의 노잡이에게 외쳤다. 고래가 힘이 빠진 기색을 보인 것이다.

"자, 바싹 붙여라! 바싹!"

보트가 고래 옆구리와 나란히 놓였다. 스터브가 뱃머리 너머로 몸을 내민 채 길고 날카로운 창을 고래 몸에 찔러 넣고 비틀고 휘저었다. 급소를 찌른 것이었다. 괴물은 단말마의 고통에 비명을 지르며 몸부림쳤다. 보트는 위험을 느끼고 즉시 뒤로 물러났다.

몸을 뒤척이던 고래가 격한 숨을 몰아쉬는 것이 보였다. 마침내 보랏빛 핏덩이가 대기로 솟구쳐 올랐다가 다시 떨어지더니 미동도 하지 않는 고래 몸체를 타고 흘러내렸다. 고래의 심장이 터져버린 것이다.

타슈테고가 말했다.

"죽었습니다, 나리."

"그래, 파이프 두 개가 다 꺼진 셈이군."

스터브는 물고 있던 파이프를 입에서 꺼내어 바다에 재를 털었다. 그러고는 잠시 동안 생각에 잠겨 그가 방금 해치운 거대한 몸체를 물끄러미 바라보았다.

고래 사냥에 성공한 곳은 본선에서 약간 떨어진 곳이었다. 파도가 잔잔했기에 우리는 보트 세 척을 나란히 정렬하고 포획물 인양 작업을 시작했다. 보트 세 척에 탄 열여덟 명의 우리 일행은 몇 시간이나 땀을 흘려야만 했다. 우리가 피쿼드호 근처까지 노획물을 끌고 왔을 때는 이미 날이 저물어 있었다.

본선에 다가가니 호롱불을 늘어뜨리고 선체 밖을 내다보는 에이해브 선장의 모습이 보였다. 그는 고래를 잘 단속하라는 지시만 내린 후 선실에 틀어박혀 다음 날까지 나오지 않았다. 고래 추격전을 감독할 때만 해도 그토록 활기에 차 있던 그가 왜 갑자기 침울해진 것일까? 아마 죽은 고래의 모습을 보고 그는 아직 모비 딕을 죽이지 못했다는 생각에 더 초조해지고 우울해진 것 같았다. 아마 죽은 고래 1,000마리를 끌고 와도 그는 똑같은 반응을 보였으리라.

피쿼드호의 선원들은 묵직한 쇠사슬을 이용해서 배 옆구리에 고래를 매달았다. 머리는 고물을 꼬리는 이물을 향하고 있었다.

그렇게 배에 묶인 고래는 상어들의 좋은 먹잇감이다. 상어들이 달려들어 고래에 뼈만 남기기 전에 얼른 해체해야 한다. 지나는 길에 한마디하자. 고래 고기 맛은 정말 일품이지만 보통 선원들은 그 고기를 먹지 않는다. 거의 30미터에 달하는 거대한 고기 파이 앞에서 식욕이 돌 리 만무했기 때문이기도 하고 고래기름으로 밝힌 등불 아래서 그 고기를 먹는 게 조금 꺼림칙했기 때문이기도 하다. 하지만 단언하건대 고래 고기는 맛있다. 문제는 편견이다. 피쿼드호 선원들 중에 그 편견에서 자유로운 사람이 딱 한 명 있었다. 바로 이등항해사 스터브였다.

스터브는 요리사에게 꼬리 부분 스테이크를 특별히 부탁했다. 그는 그 스테이크가 이 세상 그 어떤 스테이크보다 훌륭하다고 엄지를 치켜세웠으며 나도 그의 의견에 동의한다.

제17장 해체 작업과 장례식

고래를 포획한 날이 토요일이었으니 다음 날은 일요일이었다. 참으로 볼만한 안식일인 셈이다. 고래잡이들은 안식일을 잘 지키지 않는다. 직무상 어쩔 수 없는 일이었다.

이제 상앗빛 피쿼드호는 피가 낭자한 도살장으로 변했고 선원들은 모두 도살자가 되어 그에 참여했다. 누군가 그 모습을 보았다면 황소 1만 마리를 바다의 신에게 제물로 바친다고 생각했을지도 모른다. 이제부터 그 도살장 장면을 소개해보자. 하지만 독자 여러분에게는 워낙 낯선 작업이고 어마어마한 작업인데다 장비도 낯설어서 쉽게 그 장면을 머리에 그리기 어려울 것이다. 나의 간단한 묘사에 따라 여러분들 나름대로 상상의 나래를 펴기 바랄 뿐이다.

우선, 일단의 포도송이 모양의 도르래들을 포함해서 거대한 절단용 도르래를 끌어 올리는 일부터 시작한다. 너무나 무거워서 아무도 혼자서는 들어 올릴 수 없는 장비다. 이 엄청난 장비들을 주 돛대까지 끌어 올린 다음 갑판에서 가장 튼튼한 뒤쪽 돛대 제일 위쪽 끝에 단단히 묶는다. 그런 후 밧줄을 권양기(捲揚機: 밧줄이나 쇠사슬로 무거운 물건을 들어 올리거나 내리는 기계)와 연결하고 거대한 아래쪽 도르래를 고래 바로 위까지 내린다. 거기에는 무게 50킬로그램의 갈고리가 달려 있다.

이어서 스타벅과 스터브, 두 항해사 차례다. 둘은 긴 삽을 들고 뱃전에 걸친 발판에 올라서서 고래 지느러미 위쪽에 구멍을 파기 시작한다. 갈고리를 걸기 위한 구멍이다. 그들이 구멍을 판 후 갈고리를 구멍에 넣어 걸면 선원들이 일제히 함성을 지르며 권양기에 달라붙어 감아올리는 작업을 시작한다.

그 작업에 들어가면 배가 옆으로 기울기 시작하고 배에 박혀 있는 나사란 나사는 모두 얼어붙은 낡은 집의 못대가리처럼 툭툭 튀어나올 지경이 된다. 배는 부들부들 몸을 떨고 돛대 꼭대기는 겁에 질린 양 하늘을 향해 고개를 까딱거린다. 배는 점점 더 고래 쪽으로 기울다가 갑자기 깜짝 놀랄 만한 굉음이 울리고 요란한 물소리와 함께 배가 몸을 일으키면서 고래로부터 멀어진다. 그리고 뒤따라 의기양양하게 위로 올라오는 갈고리! 그 갈고리 끝에는 반원 모양의 거대한 기름 덩어리가 달려 있다. 고래에게서 제일 먼저 떼어낸 기름 덩어리인 것이다.

고래의 기름 덩어리는 마치 귤껍질처럼 고래를 감싸고 있다. 따라서 귤껍질을 나선형으로 벗기는 것처럼 고래 몸에서 벗겨낼 수 있다. 권양기가 계속 잡아당기는 힘 때문에 고래는 갈고리 아래서 빙글빙글 돌아가고 스타벅과 스터브의 삽이 내는 흠집을 따라 절단기에 의해 고르게 벗겨지는 것이다.

그 기름 덩어리가 주 돛대 망대에 닿게 되면 선원들은 손을 놓고, 그 엄청난 덩어리는 마치 하늘에 매달린 것처럼 배 위에서 흔들거린다. 그 자리에 있는 사람들은 조심해서 피해 다녀야지 잘못하다가는 그 덩어리에 맞아 바다에 빠져버릴 우려가 있다.

그렇게 끌어올려진 기름 덩어리는 또 다른 선원이 능숙하게 둘로 갈라 지방 처리실이라 불리는 빈 선창으로 내린다. 역시 권양기를 사용하는 것은 물론이다. 그 선창에는 다른 선원들이 대기하고 있다가 그 기름 덩어리를 마치 담요를 말듯이 둘둘 말아 저장한다.

그런 작업이 수차례 반복된다. 그만큼 고래는 엄청난 두께의

지방층을 지니고 있다. 그리고 그 지방층이 바로 고래의 가죽에 해당한다고 보면 된다. 그 양은 어마어마하다. 한 마리 고래 가죽에서 나오는 기름의 양이 10톤이니, 그 살코기는 얼마나 어마어마할 것인가?

도르래가 임무를 마치면 목이 잘리고 가죽이 벗겨진 고래의 몸은 대리석 무덤처럼 반짝인다. 가죽이 벗겨져 색은 달라졌지만 부피는 조금도 줄어들지 않은 것 같다. 이제 배를 떠나 둥둥 떠다니는 사체 주변으로 굶주린 상어 떼들이 우글거리고 하늘에서는 새들이 욕심 사나운 날갯짓을 하며 부리로 사체를 사정없이 쪼아댄다. 이윽고 바다 위를 둥둥 떠다니던 사체는 시야 너머로 사라진다. 아, 이 얼마나 쓸쓸하고 희화적인 장례식인가! 바다의 독수리들이 애도하고, 상어들이 격식을 갖춰 검은 옷과 얼룩 옷을 경건하게 입고 참석한 장례식!

아, 참, 한 가지 순서를 빼먹은 게 있다. 고래의 몸에서 그렇게 가죽을 벗겨내기 전에 먼저 목을 잘라낸다는 이야기를 해야 했다. 고래에게는 머리와 몸통을 쉽게 구분 짓게 해주는 목 부위가 없으므로 아주 정교하고 힘든 작업이다. 그러니 향유고래 한 마리의 목을 자르는 데는 10분밖에 걸리지 않는다는 스터브의 자랑이 놀랍지 않은가?

향유고래는 머리가 몸 전체의 약 3분의 1을 차지한다. 그리고 몸통보다 기름이 많다. 아니 아예 기름통이라고 보면 된다. 기름을 얻기 위해 고래를 사냥하는 고래잡이 선원들에게 머리는 그 무엇보다 소중한 자산이다.

작은 고래의 경우에는 바로 갑판에 끌어올려 꼼꼼하게 처리하지만 이처럼 거대한 고래의 머리인 경우에는 일단 뱃전에 매달고 항해를 계속한다. 그러다 기회가 오면 머리 부분 해체 작업에 착수한다. 그리고 거기서 엄청난 양의 기름을 추출한다. 내게는 매우 흥미가 있는 그 작업이 독자 여러분에게는 지루할 수도 있으므로 생략하기로 하자.

제18장 대함대

　미얀마 영토에서 남동쪽으로 펼쳐져 있는 길고 좁은 말라카 반도는 아시아의 최남단에 해당한다. 이 반도의 연장선상에 수마트라, 자바, 발리, 티모르 등의 긴 섬들이 다른 작은 섬들과 함께 죽 늘어서 있다. 그 섬들은 아시아에서 오스트레일리아까지 이어지는 기나긴 방파제, 혹은 성벽을 이루면서 동양의 다도해와 드넓은 인도양을 갈라놓고 있다. 이 성벽 곳곳에는 고래나 배가 드나들 수 있는 비상구가 몇 군데 뚫려 있는데, 가장 유명한 것이 순다해협과 말라카해협이다.

　피쿼드호는 상쾌한 순풍을 받으며 순다해협에 다가가고 있었다. 에이해브 선장은 이곳을 통해 자바해로 들어갔다가, 거기서 북쪽으로 뱃머리를 돌려 향유고래가 자주 출몰한다는 해역을 여러 곳 들른 후에, 최종적으로는 일본 먼바다에 이를 예정이었다. 에이해브 선장은 그런 식으로 전 세계 이름 있는 향유고래 어장을 모두 훑은 다음 태평양 적도 부근까지 내려가리라고 마음먹었다. 설사 다른 곳에서는 모비 딕을 만나지 못하더라도 거기라면 모비 딕과 한판 대결을 벌일 수 있으리라는 계산에서였다.

순다해협 인근의 자바섬 서해안 먼바다는 향유고래가 많이 잡히는 곳이었기에 피쿼드호가 자바곶에 가까워질수록 그는 망꾼에게 두 눈 똑바로 뜨고 살피라고 자주 주의를 주었다. 하지만 얼마 동안 고래의 물기둥은 보이지 않았다. 이 근방에서 고래를 보는 건 포기해야 하나보다 생각하고 막 해협으로 접어들려는 찰나 망루에서 환호성이 울렸다.

뱃머리 양쪽 4~5킬로미터 전방에 일련의 고래 물기둥들이 수평선의 거의 절반을 차지할 정도로 커다란 반원을 형성한 채 빛을 발하며 하늘로 솟구치고 있었다. 마치 상쾌한 어느 가을 아침, 대도시의 굴뚝들에서 모락모락 피어오르는 연무를 멀리서 바라보는 것 같았다. 물기둥들의 모양으로 봐선 분명 향유고래 무리였다. 참고래가 수직으로 두 개의 물기둥을 뽑아 올리고 그 물기둥들이 꼭대기에서 마치 버드나무가 늘어지듯 갈라져 내려온다면, 향유고래는 한 줄기 물기둥을 내뿜고, 그 물기둥은 바람이 불어가는 쪽으로 떨어지면서 자욱한 물안개를 만들어낸다. 그 고래 떼들은 한 줄기 물기둥을 뿜어 올리고 있었다.

고래 떼들은 해협을 통과하기 위해 대열을 정비하는 것 같았다. 피쿼드호는 돛을 활짝 펼치고 그들을 뒤쫓았다. 모비 딕이 잠시 저 무리에 끼어 함께 헤엄치고 있는지 누가 알겠는가!

고래들을 계속 추적하다보니 무리가 속도를 늦추는 듯 보였다. 점점 거리가 좁혀졌고 바람도 잦아들자, 보트를 내리라는 명령이 떨어졌다. 그러자 거의 2킬로미터 가까이 거리가 떨어져 있었지만 향유고래들이 새롭게 대열을 정비하는 것이 보였다. 본능적으로 배들이 자신의 뒤를 쫓는 것을 눈치챈 것 같았다. 고래들은 속도를 냈고 물기둥들은 마치 대오를 짓고 앞으로 나아가는 번쩍이는 총검들처럼 보였다.

순간 고래 떼들이 갑자기 전진을 멈추었다. 그뿐 아니라 사방으로 이리저리 우왕좌왕하며 원이 불규칙하게 흩어졌다. 아마 무리가 그 무엇엔가에 놀란 것 같았는데, 사실 그런 일은 자주 벌어지고 그것은 무리를 지어 움직이는 동물들의 특징이기도 하다. 들판에서 사나운 늑대 몇 마리에게 쫓기는 양 떼를 상상해보라. 또한 말을 타고 나타난 한 사람 때문에 동요에 빠지는 들소 무리를 상상해보라. 사람이라고 해서 예외가 아니다. 극장 같은 곳에 모여 있다가 화재 경보가 울렸을 때의 모습을 그려보라. 그토록 무질서한 아수라장이 또 있겠는가? 그러니 고래들이 갑자기 혼란에 빠진다고 해서 놀랄 일이 아니다.

보트들은 제각기 흩어져 외곽에 홀로 떨어져 나온 고래를 공략했다. 약 3분 후 퀴퀘그가 작살을 날렸다. 작살을 맞은 고래는 앞이 보이지 않을 정도의 물보라를 우리 얼굴에 끼얹었으며 무리의 중심부를 향해 번개처럼 달아났다. 고래는 속도의 힘으로 살에 꽂힌 강철로 된 거머리를 떼어내려는 듯 맹목적으로 달렸으며, 우리도 바다를 희게 찢으며 전속력으로 달렸다. 그리고 이내 마치 위협하듯 우리에게 달려드는 고래 무리에게 둘러싸이게 되었다. 마치 폭풍우 속에서 빙산 틈에 낀 채 해협을 빠져나가려 안간힘을 쓰는 배와 같은 처지에 놓이게 된 것이다.

여기서 독자 여러분에게 한 가지 알려줄 것이 있다. 모든 고래잡이 보트에는 작살과 창 외에 '드러그'라고 하는 무기가 실려 있다. 원래 낸터컷 인디언의 발명품인 그 무기는 주로 혼잡한 고래들에 둘러싸여 있을 때 사용한다. 한꺼번에 여러 마리를 잡을 수 없으므로 일단 무력화시켜놓은 다음 나중에 잡기 위해 쓰는 무기다.

드러그는 같은 크기의 아주 굵은 나무토막 두 개를 두 나뭇결이 직각으로 교차하게끔 포개서 단단히 묶어놓은 것이다. 그 드러그 중심부를 밧줄로 단단히 묶고 밧줄 다른 한쪽 끝을 고리로 만들어 작살과 연결한다. 작살에 상처를 입은 고래가 묵직한 드러그를 끌고 다니다가 기진해 쓰러지도록 고안한 무기인 것이다.

우리 보트에는 드러그가 세 개 있었다. 첫 번째와 두 번째 드러그는 정확히 고래 두 마리에 명중했고, 족쇄를 찬 고래들은 비틀거리며 달아났다. 마치 쇳덩이 달린 사슬을 맨 죄수들 같았다.

그런데 세 번째 드러그를 던지는 순간 문제가 생기고 말았다. 작살을 고래에 꽂은 후 나무토막을 뱃전 너머로 던지려다 그만 나무토막이 노잡이 자리 밑에 걸린 것이었다. 노잡이가 엉덩방아를 찧었고 배 널빤지가 부서지면서 양쪽으로 바닷물이 밀려들어왔다. 무리를 향해 중심부로 전속력으로 달려가던 고래가 속도를 늦추지 않는다면 노잡이 자리에 걸려 있는 드러그를 밖으로 던지는 것은 불가능한 상황이었다. 보트는 속수무책으로 고래와 함께 전속력으로 전진할 수밖에 없었다.

다행히 무리와 합류한 고래가 속도를 늦추자 우리는 겨우 나무토막을 보트 밖으로 던질 수 있었다. 고래와 분리된 보트는 관성에 의해 고래가 향하던 방향으로 미끄러져 들어갔고 고래 두 마리 사이를 지나 무리의 중심에 놓이게 되었다. 마치 급류를 타고 내려오다가 잔잔한 호수에 놓인 것과 같았다. 동심원 저 바깥에서는 여전히 어지러운 소용돌이가 일고 있었지만 이 안은 고요하기 그지없었다.

우리 주변으로 고래들이 여덟, 혹은 열 마리씩 떼를 지어 빠른 속도로 빙빙 돌고 있었다. 서로 어깨가 맞닿을 정도로 가깝게 붙어 있었기에 빠져나갈 구멍이 보이지 않았다. 우리는 그 살아 있는 벽에서 빠져나갈 틈을 찾아야만 했다. 고래 무리가 이루고 있는 그 잔잔한 호수는 최소한 5~7제곱킬로미터 이상이었을 것이다.

그렇게 호수 한복판에 갇혀 있는 동안 때때로 작고 온순한 암컷과 새끼들이 우리 주변으로 다가왔다. 아마 암컷과 새끼들을 고래들이 이루고 있는 원 제일 안쪽에 가두어 보호하고 있는 것 같았다. 그리고 암컷과 새끼들은 원 밖에서 벌어지고 있는 소동에 대해서는 전혀 모르고 있었다. 놈들은 순진하기 그지없었고 그런 만큼 대담했다. 놈들은 마치 집에서 키우는 애

완견처럼 우리 곁으로 와서 냄새를 맡았고 뱃전을 건드릴 정도로 가까이 다가왔다. 마치 무슨 마법의 힘이 놈들을 갑자기 길들여놓은 것 같았다.

퀴퀘그는 고래들의 이마를 가볍게 두드리기도 했고 스타벅은 창으로 긁어주기도 했다. 그런데 뱃전 너머를 굽어보니 바다 밑에서는 더 놀라운 광경이 펼쳐지고 있었다. 투명한 바다여서 나는 물속을 훤히 볼 수 있었다. 오! 그 고요한 호수는 바로 육아실이었다. 젖먹이를 키우는 어미 고래들, 장차 어미가 될 고래들이 물 아래에서 평화롭게 헤엄치고 있었다. 고래잡이에 이력이 난 퀴퀘그조차 아직 탯줄을 끊지 않은 채 연결된 어미 고래와 새끼 고래를 보고 "저기, 밧줄, 밧줄!"이라고 경탄을 내지를 정도였으니 그 얼마나 신비한 광경이었던가! 그렇게 당황하고 겁에 질린 무리에 둘러싸여 있으면서도 이 고래들은 조용하게 영원한 평화를 즐기고 있었다. 나 역시 그 영원한 고요함과 평화를 즐겼고 거기에 내 몸과 마음을 담았다.

우리는 그렇게 넋을 놓고 있었지만, 저 원 바깥에서는 광란이 일고 있었다. 다른 보트들이 고래들에게 드러그를 걸고 있는 것이 분명했다. 드러그에 걸려 날뛰는 고래들이 앞뒤로 마구 돌진하며 평화로운 원을 차츰 교란시키기 시작했다.

그런데 고래 중에 작살과 삽을 꽂은 채 달아나던 고래 한 마리가 자기가 끌고 가던 작살 밧줄에 얽힌 모양이었다. 놈은 요동을 쳤고 그 바람에 등에 꽂혔던 날카로운 삽이 빠졌다. 고통에 정신이 나간 고래가 이리저리 요동을 치는 바람에 삽이 이리저리 획획 날아다니면서 동료 고래들에게 상처를 입혔다.

이 끔찍한 흉기가 고래 무리에게 동요를 일으켰다. 우선 우리가 있던 호수 가장자리를 형성하고 있던 고래들이 마치 파도가 밀려오듯이 조금씩 안으로 들어오기 시작했다. 그러자 잔잔하던 호수가 넘실대기 시작했고 안쪽 고래들도 원을 좁히며 헤엄치기 시작했다. 물속의 육아실은 사라졌고 한동안 유지되었던 고요가 일순 사라져버렸다. 고래 무리 전체가 중심을 향해 덮치듯 몰려온 것이다. 스타벅과 퀴퀘그는 재빨리 자리를 잡고 고물에 섰다.

스타벅이 고함을 쳤다.

"자, 노를! 노를 잡아라! 노를 저어라! 정신 바짝 차리고! 어이, 퀴퀘그. 저놈을 몰아내! ……거기, 그 고래! 찔러버려! 자, 일어서!"

보트는 두 개의 커다란 검은 덩치들 사이에 완전히 끼인 꼴이 되고 말았다. 하지만 죽을힘을 다한 끝에 마침내 우리는 좁

디좁은 공간 사이로 빠져나올 수 있었다. 혼란에 빠졌던 고래들은 곧 일정한 대열을 갖추고 빠른 속도로 달아나기 시작했다. 그 고래들을 추격하는 건 무리였다. 그래도 보트들은 드러그에 걸려 뒤처진 고래가 없는지 얼마간 남아 살펴보았다.

포경업계에는 절대적인 격언이 하나 있다. 바로 "고래가 많을수록 수확은 적다"라는 격언이다. 이번 일은 바로 그 격언이 옳다는 것을 여실히 증명해주었다. 드러그를 건 고래 중에 잡힌 것은 단 한 마리뿐이었다. 용케 달아난 다른 놈들은 아마 다른 포경선에 행운을 선사하리라.

우리는 에이해브 선장이 정한 대로 항해를 계속했다. 그사이 스터브가 잡은 고래를 자르고 끌어 올리고 머리에서 기름을 퍼내는 작업을 했다. 아, 참, 향유고래에서는 기름 외에 '용연향'이라는 귀한 향도 얻을 수 있다는 것도 참고로 전해야겠다. 더없이 진귀하고 향기로운 용연향이 실제로는 병든 고래의 썩은 창자에서 나오는 것이라는 사실도 은밀히 알려준다.

제19장 다리와 팔
— 런던의 새뮤얼 엔더비호와의 만남

항해를 하다보면 다른 나라 국적의 포경선을 자주 만난다. 우리는 프랑스 국적의 배를 만난 적이 있다. 그 배에는 썩은 고래가 매달려 있었고 스터브는 그 고래가 분명 자기가 날린 드러그 때문에 죽은 고래라고 우겼다. 하지만 에이해브 선장은 그 배 선원들에게 "혹시 흰 고래를 본 적 없소?"라고 제일 먼저 물었다. 그의 관심은 오로지 흰 고래, 모비 딕이었다.

이번에 우리는 영국 깃발을 단 배를 만났다. 에이해브 선장은 고물을 스쳐 지나가는 배를 향해 또다시 소리쳐 물었다.

"이봐요! 혹시 흰 고래 못 보았소?"

뱃머리에 무심코 기대선 그는 고래 뼈로 만든 의족을 그대로 드러내고 있었다. 그러자 온화한 표정에 예순쯤 되어 보이는 영국 배의 선장이 모습을 보였다.

에이해브 선장이 재차 물었다.

"흰 고래 본 적 없소?"

영국 배의 선장은 품이 넉넉한 짧은 웃옷을 입고 있었는데, 소매 한쪽은 팔을 끼우지 않은 채 나부끼고 있었다. 그가 옷자락 사이에 감추었던 팔을 꺼내 보여주면서 에이해브 선장에게 대답했다.

"자, 이게 보이시오?"

향유고래 뼈로 만든 팔이었고, 끝에는 나무망치 같은 것이 달려 있었다.

에이해브 선장은 황급히 부하에게 소리쳤다.

"내 보트를 내려라! 어서 바다에 띄워!"

1분도 지나지 않아 그는 보트에 올라탔고 곧바로 영국 배의 뱃전에 닿았다.

에이해브 선장은 배에 올라 통성명이 끝나자마자 곧바로 물었다.

"그래, 그 고래는 어디서 보았소? 언제 보았소? 그 팔은 그 고래에게 잃은 거요?"

배의 이름은 엔더비호였고 선장의 이름은 부머였다.

선장이 대답했다.

"지난번 고래잡이 철에 적도 근처에서였소. 대가리도 혹도 눈처럼 흰 고래였지. 온몸이 주름투성이였고. 오른쪽 지느러미 근처에 작살이 여러 개 박혀 있더군요."

"그래, 바로 그놈이야! 그 작살은 내가 꽂은 거야!"

엔더비호 선장은 자신이 그 고래에게 팔을 잃게 된 경위를 짧게 설명했다. 그의 이야기가 끝나자 에이해브 선장이 다시 물었다.

"그래, 그 고래는 어떻게 됐소?"

"물속으로 들어간 후 다시는 보지 못했소. 사실은 나한테 이런 짓을 한 놈이 누구인지도 몰랐지. 나중에 적도로 다시 돌아왔을 때 모비 딕에 대한 이야기를 듣고 그게 바로 그놈이란 걸 알게 되었소."

"그 후로 다시 만난 적 없소?"

"두 번."

"그런데 잡지 않았단 말이오?"

"그럴 마음이 없었소. 한쪽 팔을 잃은 것으로 족하지 않소? 다른 팔마저 없어지면 어쩌려고? 하긴, 모비 딕은 물어뜯기보다는 통째로 삼켜버릴 것 같긴 하더군. 기왕에 삼킨 팔이니 그냥 가지라고 하지요. 하지만 나머지 팔은 안 돼요. 이제 흰 고래는 질색이야. 놈을 잡으려고 한 번 보트를 내렸던 것으로 족해요. 하긴 놈을 죽이면 대단한 영광이겠지. 귀한 기름도 배를 가득 채울 만큼 갖고 있을 거야. 하지만 놈은 그냥 내버려두는 게 상책이야. 안 그렇소, 선장?"

영국인 선장은 에이해브 선장의 의족을 곁눈질하며 물었다.

"그럴 수도 있지. 하지만 그렇더라도 여전히 놈을 쫓는 사람도 있을 수 있는 거요. 저주받은 놈이 더 마음을 끌어당기는 매력이 있을 수도 있으니까. 놈은 자석 같은 놈이야! 자, 마지막으로 놈을 본 게 언제였소? 어느 쪽으로 갔습니까?"

에이해브 선장은 마치 광분한 것 같았다. 부머 선장은 깜짝 놀란 표정으로 황급히 대답했다.

"아마 동쪽으로 가는 것 같았소."

그런 후 그는 페달라에게 속삭이듯 물었다.

"혹시 당신 선장 미친 거요?"

페달라는 손가락에 입술을 댄 채 뱃전을 훌쩍 뛰어넘어 보트의 노를 잡았다. 잠시 후 에이해브 선장은 보트에 꼿꼿하게 선 채 피쿼드호로 돌아왔다.

제20장 에이해브와 스타벅

피쿼드호가 남서쪽으로부터 대만과 바시 군도 가까이 다가가고 있던 어느 날이었다. 선원들이 배 밑바닥의 물을 펌프로 퍼내고 있었다. 포경선은 고래기름 보관 통을 축축하게 유지하는 한편, 혹시 기름통에 이상이 있는지 조사하기 위해 호스를 이용해 정기적으로 바닷물을 선창에 넣었다가 빼낸다. 그런데 적지 않은 양의 고래기름이 물과 함께 섞여 나오는 것이 아닌가! 선창에 보관한 기름통이 갈라진 게 틀림없었다. 스타벅은 사태를 논의하기 위해 선장실로 에이해브 선장을 찾아갔다. 이 늙은 선장은 출입문을 등지고 앉은 채 해도를 펼쳐놓고 그가 전에 지났던 항로를 더듬던 중이었다.

문 앞에서 발소리를 들은 선장이 뒤도 돌아보지 않은 채 고함쳤다.

"누구야! 어서 갑판으로 올라가지 못해! 꺼지라니까!"

"선장님, 그러지 마세요. 접니다. 선창에서 기름이 새고 있습니다. 고패(깃대 따위의 높은 곳에 기나 물건을 달아 올리고 내리기 위한 줄을 걸치는 작은 바퀴나 고리)를 감아올려 기름통을 꺼내봐야겠습니다."

"뭐야? 기름통을 끌어 올린다고? 일본이 가까워져 오는데 통을 수리한답시고 배를 일주일이나 멈춰 세우자는 거야?"

"그렇습니다. 그렇지 않으면 1년 내내 모은 기름을 하루아침에 잃을 수 있습니다. 3만 킬로미터 넘게 항해해서 얻은 겁니다. 지켜야 합니다."

"그래, 애써서 얻는다면 지켜야 해! 지켜야 하고말고!"

선장의 반응이 이상해서 스타벅은 다시 말했다.

"선장님, 저는 선창의 기름을 말씀드리고 있는 겁니다."

"제길, 나는 그 이야기를 한 게 아냐. 그 생각은 하고 있지도 않다니까! 꺼져버려! 기름이 새든 말든! 나도 새고 있어. 아무렴, 줄줄 새고 있지! 통만 새는 게 아니라 그 통을 실은 배 전체가 새고 있는 셈이라니까! 피쿼드호보다 훨씬 심각하다고! 하지만 나는 멈추지 않아! 도대체 그 구멍을 어떻게 찾겠다고? 스타벅! 고패를 감지 마!"

"선주들이 뭐라고 할까요, 선장님?"

"선주들? 낸터컷 해변에 서서 태풍 같은 고함이나 지르라고 해. 에이해브는 아무 상관도 안 해. 선주? 선주라고? 스타벅 자네는 툭하면 그놈의 선주들을 들먹이는군. 선주들이 뭐, 내 양심이라도 되나? 하지만 잘 봐! 뭐가 됐든 진짜 주인은 명령을 내리는 사람이야. 잘 들어! 내 양심은 선주들이 아니라 이 배 갑판이라고! 그러니 어서 올라가!"

"에이해브 선장님!"

일등항해사가 얼굴을 붉힌 채 선실 안으로 몇 발자국 더 들어서며 말했다. 그의 말 속에는 대담함과 조심스러움이 동시에 담겨 있었다.

"선장님, 아무리 저보다 나은 사람이라도, 젊은이나 행복한 사람이 선장님처럼 행동했다면 즉각 화를 냈겠지요. 하지만 선장님은 젊지도 않고 행복하지도 않으니⋯⋯."

"아니, 이놈이! 네놈이 그렇게 빙빙 돌려서 감히 나를 비난하는 거냐? 어서 올라가지 못할까!"

"아닙니다. 아직 못 올라갑니다. 제발 간청합니다, 선장님! 감히 말씀드리지만⋯⋯ 저 지금 참고 있는 겁니다! 앞으로 서로를 좀 더 잘 이해할 수 없겠습니까, 선장님!"

에이해브 선장은 총걸이에서 머스킷 총을 잡아 내리더니 스타벅을 겨누며 외쳤다.

"이 세상을 주재하는 분은 오직 하나님 한 분뿐이다! 피쿼드호를 다스리는 선장도 한 명뿐이다! ……어서 올라가!"

순간 항해사의 눈에서 불꽃이 튀었고 뺨에서도 불길이 일었다. 그를 겨눈 총구가 실제로 불을 뿜은 게 아닌가 생각될 정도였다. 하지만 그는 감정을 억누르며 조용히 문 쪽으로 향했다. 그는 밖으로 나가기 전에 잠시 멈추더니 반쯤 몸을 돌리고 말했다.

"선장님은 저를 모욕한 게 아니라 화나게 했습니다. 하지만 그렇다고 스타벅을 경계하실 필요는 없습니다. 에이해브가 경계해야 할 사람은 에이해브입니다. 자신을 조심하십시오, 영감님."

스타벅이 나가자 선장은 중얼거렸다.

"당찬 친구로군. 그런데도 복종은 하네. 그런 게 진짜 사려 깊은 용기지. 에이해브는 에이해브를 경계해야 한다? 그래, 뭔가가 있는 말이야!"

에이해브 선장은 선실을 얼마간 왔다갔다 하다가 잠시 후 갑판으로 올라갔다.

"스타벅, 자네는 훌륭한 친구야"라고 항해사에게 속삭인 후 선원들에게 목청을 높여 말했다.

"앞뒤의 돛을 줄이고 주 돛은 감아라! 주 돛대의 활대를 뒤로 밀어라! 고패를 감아올리고 선창에서 기름통을 꺼내라!"

에이해브 선장이 왜 스타벅의 의견을 존중해서 그런 결정을 내렸는지 정확하게 알아내려는 것은 부질없는 짓이다. 아마 그의 내부에서 순간적으로 정직이라는 미덕이 번득였는지도 모른다. 아니면 간부에게서 흘낏 엿본 불만의 징후를 긴급히 차단하려는 신중한 결정일 뿐이었는지도 모른다. 어쨌든 그의 명령에 따라 고패가 올라갔다.

제21장 퀴퀘그의 관

기름통을 들어 올리는 일은 고된 일이었다. 더욱이 몇 번 들어 올린 기름통에서는 이상이 발견되지 않아, 선원들은 선창 바닥까지 내려가 통들을 밖으로 내보내야만 했다. 내 절친한 친구인 퀴퀘그도 그 일을 하다가 그만 열병에 걸려 사경을 헤매게 되었다.

오오, 불쌍한 퀴퀘그! 미끈거리는 선창 바닥은 그에게는 거의 우물이나 얼음 창고와 다름없었으니! 덜컥 열병에 걸릴 수밖에. 그는 며칠을 앓더니 결국 침대에 누운 채 죽음의 문턱까지 가까이 가게 되었다. 며칠간 병에 시달린 그는 마를 대로 말라 완전히 피골이 상접해 있었다.

배의 선원들은 모두 그를 단념했다. 퀴퀘그 자신도 다른 사람들과 별로 다르게 생각하지 않음을 분명히 드러냈다. 그가 사람들에게 희한한 부탁을 한 것이었다.

동이 틀 무렵이었다. 그는 새벽 당직을 부르더니 손을 꼭 잡고 이런 내용의 이야기를 했다.

"낸터킷에 있을 때 우연히 흑단처럼 검은 나무로 만든 작은 통나무배를 본 적이 있다. 알고 보니 고래잡이가 죽으면 바로 그 통나무배에 눕힌다더라. 그런 식으로 안식을 맞이한다는 데 마음이 끌리더라. 고향에도 비슷한 관습이 있기 때문이다. 전사가 죽으면 통나무배에 실어서 별처럼 많은 섬 사이로 띄워 보낸다. 나는 죽은 후 바다에 던져져 상어의 먹이가 되긴 싫다. 나도 그런 조용한 통나무배에 실려 어디론가 떠나가면 좋겠다. 고래잡이였던 내게는 그런 관이 어울린다."

이런 기이한 사연은 곧 배 전체에 알려졌고, 목수는 즉각 퀴퀘그가 요구하는 것을 만들라는 명령을 받았다. 목수는 명령을 받자마자 특유의 무관심한 표정으로 퀴퀘그 몸 치수를 쟀다. 그것을 본 어떤 선원이 "불쌍한 녀석! 이제 죽을 수밖에 없구나!"라고 중얼거렸다.

목수는 널빤지와 도구들을 늘어놓고 작업에 착수했다. 그는 마지막 못을 박은 후 관을 어깨에 번쩍 메고 앞 갑판으로 가서,

이제 관을 쓸 준비가 되었느냐고 물었다. 사람들은 모두 무슨 재수 없는 소리냐며 그를 책망했지만, 소식을 전해 들은 퀴퀘그는 어서 관을 가져오라고 해서 사람들을 기겁하게 했다. 하지만 아무도 그의 말을 무시할 수 없었다. 모든 인간 중 최고의 폭군은 바로 죽어가는 사람이 아니던가! 얼마 안 있으면 더 이상 우리를 괴롭히지도 않을 테니 해달라는 대로 해주어야 하는 것 아닌가!

퀴퀘그는 누워 있던 해먹에서 몸을 내밀고 한참이나 주의 깊게 관을 내다보았다. 그는 작살을 갖다달라고 하더니 쇠꼬챙이 부분만 떼어내서 노와 함께 관에 넣게 했다. 그리고 그의 요구대로 안쪽 가장자리에 죽 비스킷을 늘어놓고 물병을 머리맡에 놓았으며 나무 부스러기가 섞인 흙을 작은 자루에 담아 발치에 놓았다. 그리고 베개 삼아 범포(帆布) 조각을 말아 넣었다.

퀴퀘그는 자신의 마지막 잠자리가 편안한지 알아보기 위해 관에 눕혀달라고 간청했다. 사람들이 그를 관에 눕히자 그는 얼마간 누워 있더니 자기 보따리에서 작은 신 요조를 갖다달라고 말했다. 그는 가슴 위에 팔짱을 끼고 그 사이에 요조를 놓더니 관 뚜껑을 닫아달라고 했다.

얼마 후 사람들이 관 뚜껑을 열자 그는 아주 편안한 표정으로 관 속에 누워 있었다. 그는 "라르마이(됐어. 아주 좋아)"라고 중얼거린 후 해먹으로 옮겨달라는 표시를 했다. 사람들이 그를 해먹으로 옮기자 그는 꿈이라도 꾸는 듯 눈을 감았다.

그런데 이상한 일이 벌어졌다. 이제 죽음을 맞이할 모든 준비를 마치고 관도 자신에게 딱 맞는다는 것을 확인한 순간, 갑자기 퀴퀘그가 기력을 회복한 것이다. 이제 곧 목수가 만든 상자는 쓸모가 없어질 판이었다. 사람들이 기뻐하며 놀라워하자 그는 자신이 어떻게 갑작스럽게 회복될 수 있었는지 사람들에게 설명했는데 요컨대 다음과 같은 것이었다.

"죽음에 대한 생각이 바뀌었다. 아직 못다 한 일이 있기 때문이다. 지금 죽을 수는 없다."

죽고 사는 게 그렇게 마음먹은 대로 되느냐고 사람들이 묻자 그는 "물론"이라고 간단하게 대답했다. 사람이 살기로만 마음먹는다면 혹 고래나 폭풍, 혹은 그밖에 사람의 힘으로 도저히 어쩔 수 없는 강력한 파괴의 힘이라면 모를까, 그따위 병 따위로 죽지는 않는다는 것이었다.

사실 문명인과 야만인 사이에는 결정적인 차이가 존재한다. 문명인은 한번 병에 걸리면 회복하는 데 반년가량 걸린다. 반면에 야만인은 단 하루 만에 병에서 낫는다. 우리 퀴퀘그도 당

모비 딕

장 기력을 회복하고 뱃전에 매달린 보트로 벌떡 뛰어올라 작살을 겨누며 이제 언제라도 싸울 수 있다고 호언장담했다.

한 가지 더 덧붙이자. 그는 자신의 관으로 쓰려던 상자를 궤짝으로 썼다. 자루에 아무렇게나 넣어두었던 옷가지를 말끔하게 정리해 넣었으며 시간이 날 때마다 뚜껑에 온갖 문신과 그림을 새겨 넣었다. 아마 제 몸에 새겨진 복잡한 문신을 그대로 베끼려던 것이리라.

제22장 대장장이와 에이해브의 작살

피쿼드호에는 퍼스란 이름의 늙은 대장장이가 있다. 그는 모든 선원의 자질구레한 요구들을 조급해하거나 짜증내는 일도 없이 묵묵히 들어주는 사람이었다. 그가 구부러진 허리를 굽히고 열심히 일하는 모습은 마치 노동 자체가 그의 삶이며, 망치질이 그의 심장 고동 소리임을 보여주고 있는 것 같았다.

그는 솜씨가 좋았고 그 솜씨 덕분에 단란하고 안락한 가정을 꾸려나가고 있었다. 하지만 느닷없이 모든 것을 훔쳐간 강도 때문에 하루아침에 전 재산을 날리고 말았다. 이미 예순 살의 노인이 다 된 그에게는 다시 일어설 기력이 없었다. 그는 일손을 놓았고 집은 점점 피폐해져갔다. 어느 날 아이들과 아내가 세상을 떠났고 집도 팔아버릴 수밖에 없는 신세가 되자, 그는 상복을 걸친 채 방랑의 길을 떠났다.

그때 그를 맞아들인 것이 바로 바다였다. 죽음만이 눈앞에 놓여 있는 듯 보이는 그에게 바다는 마치 상상을 초월하는, 죽음 이상의 공포가 그곳에 있다는 듯, 새로운 인생을 살 수 있는 모험이 그곳에 있다는 듯 그를 유혹했다.

'목숨을 버리지 않고도 죽음 이후와 같은 새로운 삶을 살 수 있는 곳, 그곳이 바로 바다니 이곳으로 오라! 이곳에 몸을 담그면 서로 증오하는 뭍의 세계는 죽음보다 더 까마득하게 여겨질 테니 이곳으로 오라!'

바다를 바라볼 때마다 사방에서 들려오는 그 유혹의 목소리에 그의 영혼이 응답했다.

'그래, 가마!'

그리하여 퍼스는 고래잡이배에 올랐다.

어느 날 정오 무렵, 퍼스가 한 손에 든 창끝을 석탄에 찌른 채 다른 손으로 풀무질하고 있는데 에이해브 선장이 작은 가죽자루를 들고 그의 곁으로 왔다.

"지금 뭘 만들고 있는 건가?"

"헌 창끝을 용접하고 벼리고 있습니다. 선장님, 금이 가고 파여서요."

"그렇다면 아무리 금이 갔더라도 뭐든지 다 녹여서 매끈하게 만들 수 있겠군."

"뭐, 얼굴 주름이야 그럴 수 없겠지만, 다른 건 다 됩니다."

"그래, 그렇다면 내게 작살 하나 만들어주게. 마귀 1,000마리가 달려들어도 갈라지지 않고, 고래 뼈처럼 그 몸에서 빠져나오지 않을 작살을 만들어달란 말이야. 자, 이걸 보게."

그 말과 함께 그는 들고 있던 자루를 털썩 내려놓았다.

"잘 보게, 퍼스. 말편자의 못 조각들을 모은 거야."

"말편자의 못 조각이라고요? 선장님, 정말 제일 좋고 단단한 재료를 갖고 계시는군요."

"영감, 나도 알고 있네. 자, 이걸로 빨리 내게 작살을 만들어줘. 우선 작살 자루로 쓸 열두 가닥의 쇠줄을 만들어줘. 그런 다음 그것들을 꼬아 감아서 두들겨줘. 자, 얼른! 풀무질은 내가 해주지."

퍼스가 열두 가닥의 쇠줄을 만든 후 그것들을 꼬아서 용접하려 하자 에이해브 선장은 자신이 직접 용접을 하겠다고 나섰다.

마침내 작살 자루가 막대기 모양으로 완성되었다. 퍼스가 마지막 담금질을 위해 다시 한 번 불에 넣었다가 꺼내어 물통에 담그면서 에이해브 선장에게 말했다.

"선장님, 이건 흰 고래를 잡으려는 작살이 아닌가요?"

"흰 악마를 잡으려는 거지. 자, 이제 작살 촉을 만들자고. 영감이 직접 만들어야 해. 여기 내 면도날들이 있네. 제일 좋은 강철들로 만든 것들이지. 자, 이걸로 빙하 지대의 얼음 바늘보다 날카로운 작살 촉을 만들어달라고."

대장장이는 그걸 재료로 사용할 마음이 내키지 않는 듯, 한동안 그것을 바라보았다.

"영감, 받아. 이제 내게는 필요 없는 물건이야. 이제부터 나는 면도도 하지 않고, 먹지도 않고, 기도도 하지 않을 테니까. 그놈을…… 어쨌든…… 자, 시작하라고."

마침내 화살 모양의 작살 촉이 만들어졌다. 퍼스는 작살 촉을 용접하여 자루에 붙였다. 그리고 마지막으로 작살 촉을 담금질하기 위해 에이해브 선장에게 물통을 달라고 말했다.

그러자 에이해브 선장이 고개를 저으며 말했다.

"아니야…… 안 돼…… 그놈은 물에 담그면 안 돼! 진짜 죽음의 담금질을 해주어야 해."

그러더니 그는 멀리 갑판 쪽을 향하여 외쳤다.

"이봐, 퀴퀘그, 타슈테고, 다구! 어떤가, 이교도들! 이 작살 촉을 위해 피를 내주지 않겠어?"

그들은 고개를 끄덕였다. 이교도들의 살이 세 번 찔렸고 흰 고래용 작살은 그 피로 담금질됐다. 사악한 작살 촉이 이글거리며 세례의 피를 마셔대자 에이해브 선장은 마치 황홀경에 빠진 듯 외쳤다.

"Ego non baptizo te in nomine patris, sed in nomine diaboli(주님의 이름이 아닌 악마의 이름으로 세례를 주노라)!"

다음 날 고래 무리가 발견되어 네 마리의 고래를 잡았고, 그 중 한 마리의 숨을 끊은 것은 에이해브 선장이었다.

제23장 폭풍우와 광란의 에이해브

배는 이제 일본 해역을 지나고 있었다. 가장 더운 지역은 가장 잔인한 이빨을 감추고 있는 법이다. 고래잡이배들이 가장 끔찍한 태풍을 만나는 곳이 바로 이 찬란하게 빛나는 일본 해역이다.

어느 날 드디어 폭풍이 몰려왔다. 하늘에서 쉬지 않고 번개가 번쩍였으며 하늘과 바다가 포효하는 천둥으로 갈라졌다. 스타벅은 돛대 줄을 부여잡고 닥쳐올 재앙에 대비했고 스터브와 플래스크는 보트를 더 높이 끌어올려 단단히 붙들어 매는 선원들을 지휘했다. 그러나 화를 피할 수는 없었다. 뱃전에 부딪힌 엄청난 파도에 에이해브 선장 보트의 고물 바닥에 구멍이 뚫리고 말았다.

스타벅이 스터브를 보고 말했다.

"폭풍이 동쪽에서 불어오는군. 선장이 모비 딕을 잡겠다고 방향을 잡은 쪽이야. 지금이라도 배가 방향을 틀면 순풍을 타고 낸터컷으로 갈 수 있어. 바람이 불어오는 쪽은 암흑이고 바람이 불어가는 쪽은 환하게 빛나고 있다고."

스타벅의 말에 화답하듯 번개가 번쩍였고 스타벅은 피뢰침을 얼른 바다에 던져 넣으라고 소리쳤다. 배에도 육지에서와 마찬가지로 돛대 위에 피뢰침이 세워져 있다. 하지만 평소에 전류를 흘려보내는 아랫부분은 뱃전에 걸쳐져 있다. 그걸 늘 물속에 깊이 담가 끌고 다니면 여러 가지로 불편한 일이 많이 생기기 때문이었다.

그때 에이해브 선장이 뱃전에 나타났다. 그는 스타벅을 보고 소리쳤다,

"내버려둬! 비록 우리가 약자지만 정정당당하게 맞서 싸워야 해! 그런다고 온 세상이 안전해지는 것도 아니야. 벼락을 피한다고? 그냥 놔두시지, 항해사님!"

스타벅은 그를 보고 소리쳤다.

"저 위를 보세요! 보시라고요!"

모든 활대 끝에서 파란불이 번쩍였고, 세 돛대 끝에 달린 피

뢰침마다 하얀 불꽃이 타오르고 있었으며 큰 돛대 세 개는 마치 양초처럼 조용히 타오르고 있었다. 갑판 위에 모인 선원들은 뭔가에 홀린 듯 멍하니 높은 곳을 처다보고 있었다.

그러자 에이해브 선장이 선원들을 향해 소리쳤다.

"모두 저 불꽃을 보아라! 저 흰 불꽃이 흰 고래에게 가는 길을 알려주고 있다. 저기 주 돛대의 피뢰침 고리를 가져와라! 그 맥박을 느끼고 싶다. 그 맥박을 내 맥박에 대고 싶다! 오오, 불과 맞댄 피!"

보다 못한 스타벅이 선장에게 고함을 질렀다.

"선장님, 제발 그만두세요! 하나님께서 당신으로부터 등을 돌린 겁니다. 이건 불길한 항해예요. 처음부터 불길했어요. 지금이라도 활대를 직각으로 세우고 순풍을 받아서 고향으로 갑시다!"

선원들도 모두 겁에 질려 있었다. 그 순간만은 모두 항해사와 같은 생각인 것 같았다. 그들은 모두 돛의 방향을 바꾸기 위해 달려갔다. 마치 선상 반란이라도 일어난 것 같았다.

그러자 에이해브 선장이 피뢰침 고리를 뱃전에 던져버리고 작살을 움켜쥐었다. 작살 끝에 불꽃이 일더니 확 불이 붙었다. 에이해브 선장은 선원들을 향해 불타오르는 작살을 휘두르면서 제일 먼저 밧줄에 손을 대는 놈은 그걸로 찌르겠다고 엄포를 놓았다. 그 기세에 선원들은 뒤로 물러났다.

선장이 망연자실해 있는 선원들에게 고함을 질렀다.

"네놈들 모두 흰 고래를 잡겠다고 나와 맹세하지 않았느냐! 그 맹세는 절대로 깰 수 없다! 이 늙은 에이해브의 심장과 영혼, 목숨은 모두 그 맹세에 달려 있다. 너희 모두 이 불꽃이 무섭다는 거냐? 자, 보아라! 너희의 공포를 내가 꺼주마!"

그는 입김을 불어 작살 끝에 일고 있던 불꽃을 꺼버렸다. 선원들은 벼락이 칠 때 사람들이 큰 나무 밑을 피하듯 공포에 질려 허겁지겁 선장 곁에서 달아났다.

자정 넘어 몇 시간이 지나자 태풍의 기세가 어느 정도 꺾였다. 스타벅과 스터브는 열심히 노력해서 찢어져 너덜거리던 돛을 떼어내 바람에 날려 보낼 수 있었다. 선원들은 새 돛을 달았고 배는 다시 정확하게 파도를 가르며 나아갔다. 마치 거짓말처럼 바람이 순풍으로 바뀌어 있었다.

갑판에서 일어난 중요한 변화는 하루 스물네 시간, 언제고 보고하라는 선장의 명령이 있었기에 스타벅은 활대를 순풍에 맞추어 조정하자마자 선장의 선실로 내려갔다. 선장은 잠들어 있었다.

그때 그의 눈에 선반에 놓여 있는 머스킷 총 몇 자루가 눈에 들어왔다. 스타벅은 정직하고 바른 사람이었다. 하지만 머스킷 총이 눈에 들어오는 순간 이상한 생각이 드는 것은 어쩔 수 없었다.

그는 혼자 중얼거렸다.

'그래, 선장이 언젠가 나를 쏘려고 했었어. 저게 바로 나를 겨누었던 그 총이야. 어디 한번 만져볼까? 그런데 왜 이렇게 몸이 떨리지? 무시무시한 창을 수도 없이 던졌던 내가…… 나는 지금 선장에게 순풍이 불어온다고 보고하러 왔어. 하지만 어떤 순풍이지? 죽음과 파멸로 가는 순풍. 저주받은 고래에게로 가는 순풍. 서른 명이 넘는 사람을 위험으로 몰고 가는 바람이 지금 불고 있는 거야. 에이해브 선장은 정상이 아니야. 그는 우리 모두를 죽음으로 이끄는 살인자야. 지금 그를 제거하면? 그러면 그는 그런 죄를 저지르지 않겠지. 게다가 나는 저 노인을 견딜 수 없어. 그 어떤 옳은 말도 통하지 않고 충고에도 귀를 기울이지 않는 사람! 아아, 수많은 사람을 죽음으로 이끄는 살인자를 죽이면 나도 살인자가 되는 걸까?'

그때였다. 에이해브 선장이 잠꼬대인 양 고함을 쳤다.

"후진하라! 오, 모비 딕! 내 마침내 네놈의 심장을 움켜쥐었도다!"

스타벅은 정신이 번쩍 들었다. 그는 뒤돌아서서 그곳을 떠났다. 그리고 갑판으로 올라온 뒤 스터브에게 말했다.

"선장님은 잠들어 있어. 자네가 잠시 후에 가서 보고하도록 하게."

제24장 구명부표

이제 피쿼드호는 동남쪽으로 진로를 잡고 적도를 향해 나아
갔다. 어느 때보다 심하게 불어닥친 폭풍우, 배를 되돌리라고
재촉하듯 불어온 역풍, 돛대를 태워버린 번갯불, 에이해브 선장
의 광란에 가까운 말과 행동, 이 모든 것들 때문에 선원들은 얼
마간 겁을 먹고 있었다. 그 모든 것이 그 무슨 불길한 전조 같
았다. 그런데 그런 전조는 거기서 그친 것이 아니었다.

피쿼드호가 적도 어장 가장자리에 이르렀을 때였다. 배는 동
트기 전의 짙은 어둠 속에서 다닥다닥 붙은 바위 섬 사이를 지
나고 있었다. 갑자기 들려오는 기괴한 소리에 당직을 서고 있
던 플래스크의 부하들은 깜짝 놀라 화들짝 비몽사몽 상태에서
깨어났다. 저승에서 들려오는 것같이 애처로운 소리 같기도 했

고, 헤롯 왕에게 살해당한 아기들의 영혼이 울부짖는 소리 같기도 했다.

선원들은 몸을 부르르 떨면서 그 자리에 얼어붙는 듯 꼼짝도 하지 않고 귀를 기울였다. 울부짖는 소리는 계속 이어졌다. 어떤 선원은 바다에 빠져 죽은 혼백들이 내는 소리라고 조심스레 단언하기도 했다.

선실에서 해먹에 누워 있던 에이해브 선장은 어스름한 잿빛 새벽녘에 갑판에 올라와 그 소리를 들었다. 플래스크가 상황을 보고하면서 불길한 소리라는 뜻을 언뜻 내비치자 에이해브 선장은 헛웃음을 터뜨린 후 그 소리의 정체를 설명해주었다. 대충 이런 설명이었다.

"저 바위 섬에는 바다표범들이 우글거린다. 저 소리는 어미를 잃은 새끼들과 새끼를 잃은 어미들이 서로를 찾으며 우는 소리며 그 소리는 꼭 사람이 울부짖는 소리와 비슷하다."

에이해브 선장의 설명은 오히려 선원들을 더 겁먹게 했다. 선원들은 바다표범에 대해 약간은 미신적인 생각을 품고 있었다. 바다표범이 내는 소리뿐 아니라 수면 위에 고개를 내밀고 빤히 쳐다보는 얼굴이 꼭 사람 같았기 때문이다.

그런데 선원들의 불길한 예감을 증명하는 듯한 사건이 그날

모비 딕

아침에 벌어졌다. 동이 틀 무렵 선원 한 명이 해먹에서 나와 앞 돛대 꼭대기에 올라갔다. 비몽사몽 간이어서인지 어쩐지는 알 수 없었지만 그가 망루에 올라간 지 얼마 되지 않아 비명이 들렸다. 선원들이 비명에 고개를 들어보니 무언가 유령 같은 게 떨어지는 게 보였고, 이어서 아래를 내려다보니 푸른 바다 위에 흰 거품이 이는 게 보였다.

선원들은 재빨리 고물에 매달려 있던 구명부표를 바다에 던졌다. 하지만 그것을 움켜잡는 손은 보이지 않았다. 얼마 후, 나무로 만든 긴 통 모양의 구명부표가 물을 빨아들이자 그 나무통도 급기야 물속에 가라앉았다.

선원들에게는 그것이 흰 고래의 장난처럼 여겨졌다. 자신의 영역에 침범한 배에서 제일 먼저 자신을 살피러 망루에 올라간 선원을 한입에 삼켜버린 것이리라! 선원들은 그것을 불길한 전조로 받아들이기보다는 이미 예고된 불행이 벌어진 것으로 여겼다. 그들은 동트기 전 어둠 속에서 들려왔던 울음소리의 정체를 알 것 같다고 수군거렸다.

이제 잃어버린 구명부표의 대체물을 찾아야만 했다. 하지만 배에는 부표로 쓸 만한 나무가 더 이상 없었던데다 선원들은 너무 흥분한 나머지 차분히 생각할 겨를이 없었다. 그런데 퀴

퀘그가 손짓으로 은근히 자신의 관이 어떻겠느냐는 뜻을 내비
쳤다.

스타벅이 흠칫 놀라며 소리쳤다.

"뭐야? 관을 부표로 만든다고?"

그러자 스터브도 한마디했다.

"내 생각에도 이상한 짓인데요."

그러나 낙천적인 플래스크의 생각은 달랐다.

"괜찮은 부표가 될 것 같은데요. 목수가 부표로 뚝딱 만들 수
있을 겁니다."

잠시 침울한 표정으로 생각에 잠겨 있던 스타벅이 말했다.

"가져와봐. 별수가 없잖아."

그런 후 목수에게 말했다.

"이봐, 저기다 어떻게 손을 써서 구명부표를 만들어봐. 그렇
게 이상한 눈으로 보지 말고…… 맞아, 그 관으로…… 알았어?
……어떻게든 해보라고."

"그러면 뚜껑에 못을 박을까요?"

"맞아."

"틈도 메우고요?"

"그래. 알아서 하라니까!"

"그리고 그 위에 역청을 바를까요?"

"뭐야? 도대체 무슨 생각을 하는 거야! 저 관으로 구명부표를 만들라는 것뿐인데! 알아서 하라니까! 스터브, 플래스크, 나와 함께 앞으로 가세."

목수는 "원, 관을 갖고 구명부표를 만들라니! 세상에 그런 일을 해본 목수는 나 하나뿐이겠군. 죽음과 삶이 한데 뒤엉킨 꼴이로군"이라고 툴툴거리며 연장을 챙겼다.

제25장 피쿼드호, 레이철호를 만나다

　다음 날 피쿼드호는 레이철이라는 이름의 커다란 배를 만났다. 그 배는 바람이 불어오는 쪽에서 돛을 넓게 펼치고 다가오고 있었다. 하지만 배가 가까이 다가온 것을 보니 펼친 돛은 하나같이 터진 부레처럼 축 늘어져 있었고 선체에 생기라고는 없었다.

　늙은 선원 한 명이 그 배를 보고 중얼거렸다.

　"나쁜 소식이야. 나쁜 소식을 가져온 거라고."

　그 배의 선장이 뱃전에서 반갑다는 듯 입에 손나팔을 대고 인사를 나누려 하는 순간 에이해브 선장의 목소리가 먼저 허공을 갈랐다.

　"흰 고래를 보았소?"

그러자 답이 들려왔다.

"예, 어제 보았습니다. 혹시 보트 한 척이 떠내려가는 거 못 보았습니까?"

에이해브 선장은 예상치 못 했던 질문에 못 보았다고 대답했다. 하지만 그의 가슴은 기쁨으로 터질 것 같았다. 그는 서둘러 레이철호로 건너가기 위해 보트를 내리려 했다. 그런데 레이철호의 선장이 배를 멈추더니 뱃전을 내려오는 것이 보였다. 몇 차례 힘차게 노를 저은 후, 보트의 갈고리가 금세 피쿼드호의 사슬에 걸렸고, 레이철호 선장이 한달음에 피쿼드호의 갑판 위로 올라왔다.

그가 갑판에 올라오자마자 에이해브 선장은 황급히 그의 곁으로 다가갔다. 에이해브 선장은 그가 낸터컷 출신의 낯익은 사람인 것을 알 수 있었지만, 형식적인 인사는 무시해버리고 단도직입적으로 물었다.

"놈이 어디 있소? ……죽이지는 않았겠지! ……죽인 거 아니지요! ……어떻게 된 거요?"

그러자 레이철호 선장은 그간 벌어진 일을 제법 길게 이야기 해주었다. 선장이 해준 말을 간추리면 다음과 같다.

'전날 오후 늦게 보트 세 척이 본선에서 7~8킬로미터 정도 떨어진 곳까지 고래 떼를 추격했다. 그런데 보트들이 추격하는 반대 방향에서 모비 딕의 흰 혹과 머리가 불쑥 물 위로 올라왔다. 이어서 장비를 갖춘 예비 보트가 모비 딕 사냥에 나섰다. 예비 보트였지만 레이철호에서 가장 빠른 보트였다. 보트는 힘껏 노를 저어 나아간 덕분에 모비 딕의 몸에 작살을 꽂는 데 성공한 것으로 보였다. 어쨌든 망루 위의 선원이 보기에는 그랬다는 것이다. 그런데 흰 물보라가 한 번 번뜩이더니 더 이상 아무것도 보이지 않았다는 것이다. 선원들은 작살을 맞은 고래가 보트를 끌고 멀리 가버렸다고 생각했다. 고래잡이를 하다보면 자주 일어날 수 있는 일이기에 심히 걱정할 일은 아니었다. 이미 어둠이 내리고 있었다. 나머지 보트들은 일제히 사라진 네 번째 보트의 추적에 나섰다. 하지만 동이 틀 때까지 수색했지만 사라진 보트는 흔적도 보이지 않았다.'

설명을 마친 레이철호 선장은 그가 황급히 이 배에 오른 목적을 말해주었다. 사라진 보트 추적에 동참해줄 것을 원한 것이다. 7~8킬로미터의 간격을 두고 두 배가 나란히 나아간다면 넓은 지역을 훑을 수 있다는 것이다.

그 말을 들은 스터브가 플래스크에게 나직이 속삭였다.

"내기를 걸어도 좋아. 그 보트에 탄 누군가가 선장이 가장 아끼는 작업복을 입고 간 게 분명해. 아니면 시계든지. 아니, 고래잡이 한창 철에 두 척의 배가 보트 하나를 찾아 나서다니! 도대체 그게 말이나 돼? 어휴, 얼마나 아끼는 거면 저렇게 얼굴이 창백하지?"

레이철호 선장은 자신의 부탁에 대해 냉담한 표정을 짓고 있는 에이해브 선장을 향해 다시 간청했다.

"선장님, 내 아들이 그 보트에 타고 있습니다. 제발, 이렇게 간청하니 마흔여덟 시간만 배를 내주세요. ……기꺼이 충분한 보상을 해드리리다. ……제발, 부탁을 들어주세요."

그 말을 들은 스터브가 큰 소리로 말했다.

"아들이라고! 아니, 잃어버린 게 아들이란 말이야? 옷이니 시계니 떠들었던 내 말은 취소하겠어. 에이해브 선장이 뭐라고 답할까? 당연히 구하러 나서야지."

하지만 에이해브 선장은 어떤 충격에도 끄떡없는 대장간의 받침대처럼 말없이 버티고 서 있을 뿐이었다.

레이철호 선장이 다시 에이해브 선장에게 애원했다.

"에이해브 선장, 당신이 승낙할 때까진 꼼짝 않겠어요. 우리 인사를 나누진 않았어도 서로 알고 있는 처지 아닌가요? 당신도 늘그막에 얻은 어린 아들이 있지 않소? 내 아들도 겨우 열두 살밖에 안 되었소. 자, 어서 배를 돌리시오."

당연히 아이를 구하러 가야 한다고 생각한 피쿼드호 선원들은 이미 용골을 돌리기 위해 밧줄에 손을 대고 있었다. 에이해브 선장이 황급히 소리쳤다.

"멈추지 못할까! 밧줄에 손대지 마라!"

그런 후 그는 레이철호 선장에게 또박또박 힘주어 말했다.

"가디너 선장, 가지 않을 거요. 이러고 있는 순간에도 나는 시간을 허비하고 있소. 자, 이만 가시오. 신의 가호가 있기를! 이러는 내가 용서받을 수 있기를! 하지만 나는 떠나야만 하오."

그런 후 그가 스타벅에게 명령했다.

"스타벅, 3분 내로 이 사람들을 모두 내려보내도록! 그리고 항해를 계속하도록!"

에이해브 선장은 몸을 돌리더니 선장실로 내려가버렸다. 간곡한 청을 냉정하게 거절당한 가디너 선장은 그 자리에 못 박힌 듯 망연히 서 있었다. 그러다 마법에서 홀연 깨어난 듯 묵묵히 빠른 걸음으로 뱃전으로 다가가 보트로 옮겨 탔다.

이윽고 두 배가 멀어졌다. 레이철호에서 아이를 잃고 눈물짓는 선장의 울음소리가 들리는 것 같았다.

제26장 교향곡

레이철호를 만난 지 사나흘이 지났지만 모비 딕의 물기둥은 보이지 않았다. 조바심이 난 에이해브 선장은 혹시 선원들이 모비 딕을 보고도 모른 척하는 게 아닌지 의심이 들기 시작했다. 그는 손수 밧줄을 엮어 바구니를 만들었다. 그는 망루에 있는 도르래에 밧줄을 걸치게 한 후 밧줄의 한쪽 끝을 바구니에 연결했다. 도르래를 이용해 망루까지 올라간 후 난간에 매어둘 작정이었다. 그는 바구니 안으로 들어가기 전에 선원들을 한 바퀴 획 둘러보았다. 그는 다구와 퀴퀘그, 타슈테고에게서 잠시 눈길을 멈추었다. 하지만 페달라에게는 눈길을 주지도 않았다.

결국 그는 일등항해사에게 신뢰의 눈길을 보내며 말했다.

"밧줄을 받게. 이걸 자네에게 맡기겠네, 스타벅."

그런 후 그는 바구니 안으로 들어가더니 망루까지 끌어 올리라고 명령했고 스타벅에게는 바구니가 다 올라간 후 밧줄을 난간에 단단히 묶고 그 옆에 있으라고 지시했다. 망루로 올라간 에이해브 선장은 망망대해를 전후좌우로 둘러볼 수 있었다.

그렇게 밧줄의 힘으로 망루에 올라간 사람은 그 밧줄에 몸을 지탱해야 한다. 갑판에 고정한 밧줄을 확 풀어버릴 때 그의 목숨은 보장할 수 없다. 그런데 에이해브 선장은 그 중요한 일을 스타벅에게 맡겼다.

스타벅이 누군가? 그에게 반대 의사를 표명했던 유일한 선원이 아닌가? 흰 고래를 잡겠다는 자신의 열망에 명백히 반대한 사람이 아닌가? 자신을 믿지 않는 사람의 손에 자신의 목숨을 통째로 맡긴 것이었다. 그는 과연 스타벅의 어떤 점을 믿은 것일까? 과연 에이해브 선장과 스타벅의 관계는 어떤 것일까?

강철처럼 푸르고 맑은 날이었다. 생각에 잠긴 하늘은 여인의 모습처럼 투명하고 순수하며 부드러웠고, 반면에 억센 사내 같은 바다는 잠든 삼손의 가슴처럼 힘차게 굽이치고 있었다.

승강구에서 나온 에이해브 선장은 천천히 갑판을 가로지르더니 뱃전에 몸을 기울이고 청명한 바다를 내려다보았다. 그는 물속에 비친 자신의 그림자가 점점 더 깊이 가라앉는 듯이 느껴졌다. 하지만 매혹적인 대기에 감도는 달콤한 향기에 그의 영혼을 갉아먹는 번민이 잠시나마 어디론가 날아간 것처럼 느껴지기도 했다. 모자를 푹 눌러쓴 에이해브 선장이 눈물 한 방울을 바닷물에 떨구었다. 이 드넓은 태평양도 이 작은 눈물방울보다 더 귀한 보물을 품고 있지 않으리라.

갑판에 있던 스타벅이 노인을 바라보았다. 그 무엇엔가 진정으로 몰입해 있는 것 같았다. 스타벅은 그의 상념을 방해하지 않으려고 살그머니 그의 옆에 가서 섰다.

에이해브 선장이 뒤를 돌아다보았다.

"스타벅이군!"

"네, 선장님."

"아, 스타벅! 바람이 정말 잔잔하고 하늘도 역시 잔잔하군. 내가 열아홉의 젊은 나이로 처음 고래잡이에 나서던 날도 이렇게 청명했지. 벌써 40년 전 일이로군……. 그래, 벌써 40년이 흘렀어. 40년간을 오로지 고래만 잡으며 보낸 거야! 40년간 궁핍과 위험과 폭풍우와 함께 지낸 거야! 40년간을 인정사정없는 바다에서 보낸 거야! 이 에이해브는 40년간 지상의 평화를 저버리고 이 심연의 공포와 맞서 싸운 거야! 그래, 스타벅, 40년 동안 에이해브가 뭍에서 지낸 시기는 3년도 채 되지 않아. 40년 동안 나는 바싹 마르고 소금에 절인 음식만 먹었어. 내 영혼의 양식도 그만큼 바싹 마를 수밖에 없었지. 저 뭍에서는 제아무리 가난한 사람이라도 매일 싱싱한 과일과 신선한 빵을 먹건만 나는 곰팡이가 핀 빵 부스러기만 먹은 거야. 쉰 넘어 결혼한 어린 아내는 바다 저 멀리에 있고…… 딱 하루 신혼의 베개를 베어보았을 뿐, 결혼 다음 날 혼곶을 향하는 배에 올랐지. 아내? 아내라고? 아니야, 차라리 생과부라고 하는 게 옳지. 그래, 스타벅, 공연히 결혼해서 그 여자를 과부로 만든 거라네. 그리고 에이해브는 광기, 광포, 끓는 피와 뜨거운 이마로 1,000번도 넘게 바다에 보트를 내리고 물보라를 일으키며 먹잇감을 쫓았지. 사람이라기보다는 마치 악마처럼! 그래, 그래…… 40년 동안! 그 미친 짓을! 정말로 미쳐서! 오, 얼마나 미친 늙은이란 말인가, 이 에이해브란 작자는! 도대체 왜 그런 전투를 하며 살았던 걸까? 왜 팔이 마비되도록 노를 젓고 작살과 창을 던진 걸까? 그래서 에이해브는 얼마나 부자가 되었지? 얼마나 더 잘살게 되었지? 아아, 스타벅! 내 이렇듯 무거운 짐을 진 채 살아왔는데 결국 그 보답으로 내 다리 한쪽을 가져가버린다면 그건 너무 잔인하지 않은가? 자, 스타벅, 이리 가까이 오게. 이 늙은

이의 머리카락을 옆으로 넘겨주게. 어때, 내가 너무 늙어 보이나? 나는 마치 낙원에서 쫓겨난 후 무궁한 세월에 짓눌려버린 아담이 된 기분이야. 너무 힘겨워. 어깨가 굽고 등이 휘는 느낌이야. 아아, 이 굽은 등, 백발은 신이 내게 내린 조롱이야! 오오, 신이시여! 제가 그 모든 조롱을 뒤집어쓸 만큼 영화를 누렸나이까? 스타벅, 제발 가까이 오게. 내 옆에 바싹 다가서도록 해. 사람의 눈을 들여다보고 싶어. 바다나 하늘을 들여다보는 것보다 나을 것 같아. 신을 올려다보는 것보다 나을 것 같아. 자네 눈에서는 내 아내와 아들이 보여. 아아, 자네는 배를 떠나지 마. 내가 보트를 내리더라도, 이미 낙인이 찍힌 에이해브가 모비 딕을 추격하더라도 자네는 그러지 말아. 그런 모험은 자네 것이 아니야. 안 돼! 안 돼! 자네의 눈 속에 내 고향 집이 보이는데 그러면 안 돼!"

스타벅이 감동에 젖은 눈길로 에이해브 선장을 바라보며 외치듯 말했다.

"오, 선장님! 저의 선장님! 고귀한 영혼이여! 위대하고 성숙한 가슴이여! 왜 그 가증스러운 고래 뒤를 쫓아야 한단 말입니까! 저와 함께 갑시다! 이 죽음의 바다에서 벗어납시다! 고향으로 돌아갑시다! 스타벅에게도 아내가 있고 자식이 있습니다.

제26장 교향곡

187

자, 떠납시다! 어서 떠납시다! 지금 당장 진로를 바꾸게 해주십시오!"

하지만 에이해브 선장은 스타벅에게서 눈길을 돌리더니 말라붙은 과일나무처럼 몸을 부르르 떨다가 타버린 재 같은 눈을 아래로 떨어뜨렸다.

"이건 뭐지? 이름도 없고 헤아릴 수도 없으며 신비한 이것은? 그 어떤 음험하게 몸을 숨긴 주인이, 그 어떤 잔인하고 무자비한 황제가 내게 명령을 내리는 것일까? 사랑, 온갖 자연스러운 욕구를 거부하고 끊임없이 자신을 몰아치고 압박하고 서두르게 하는 것은 도대체 누구인가? 내 마음, 본연의 타고난 마음속에는 품을 수조차 없는 일을 무모하게 저지르게 하는 것은 누구인가? 에이해브는 과연 에이해브인가? 이 팔을 들어 올리는 것은 나인가, 신인가, 아니면 또 다른 누구인가? 위대한 태양도 저 스스로 움직이는 게 아니라 하늘의 심부름꾼에 불과하다면, 별도 보이지 않는 어떤 힘 없이는 꼼짝할 수 없다면, 이 작은 가슴은 어찌 혼자 떨 수 있으며 이 작은 머리는 어찌 홀로 생각할 수 있단 말인가! 내가 가슴을 뛰게 하고 생각하는 것이 아니라 신이 그렇게 하는 것이다. 오, 살인자들은 어디로 가는가? 재판관 자신이 법정에 끌려 나온다면 과연 판결은 누가 내릴 수 있단 말인가! 하지만, 스타벅! 참으로 잔잔하기 그지없는 하늘과 바다로군. 머나먼 초원의 향기가 바람에 실려 오는 것 같아. 안데스산비탈에서 풀을 베던 사람들은 이제 잠을 잘 거야. 그래, 스타벅! 아무리 힘겨운 일을 하고 난 후라도 결국은 잠을 자게 되어 있는 거지. 우리는 지난여름에 쓰고 버려져 녹이 슨 낫처럼 그냥 잠드는 거야, 스타벅!"

그가 말을 마쳤을 때는 이미 스타벅은 곁에 없었다. 에이해브 선장의 말에 절망한 그는 송장처럼 창백한 얼굴로 그곳을 몰래 벗어난 것이다.

제27장 추격 — 첫째 날

그날 밤, 야간 불침번을 서던 노인은 몸을 기대고 서 있던 승강구를 지나, 의족을 끼워 넣는 구멍 쪽으로 갔다. 그리고 갑자기 코를 킁킁거리며 바다의 공기 냄새를 맡았다. 그는 선원들에게 가까운 곳에 고래가 있다고 단언했다.

얼마 후 모든 선원이 향유고래가 이따금 멀리까지 퍼뜨리는 독특한 냄새를 맡을 수 있었다. 에이해브 선장은 그 냄새의 진원지를 가늠한 후 그쪽으로 항로를 조정하도록 선원들에게 명령했다. 그리고 동틀 무렵 그가 내린 결정이 빈틈없이 옳다는 것이 입증되었다. 세로로 길게 뻗은 자국이 정면에 보인 것이다. 기름띠처럼 매끈한 자국이었고 가장자리에는 격렬한 물살이 지나가고 난 흔적을 보여주는 물결이 일고 있었다.

선장이 고개를 한껏 젖혀 망루를 올려다보며 외쳤다.

"뭐가 보이나!"

"아직 아무것도 안 보입니다, 선장님!"

위에서 답이 들렸다.

얼마 후 에이해브 선장의 명령으로 선원들이 그를 망루로 끌어올리기 시작했다. 3분의 2 정도 올랐을 때 그가 허공에 대고 마치 갈매기가 끼룩거리듯이 외쳤다.

"저기 물기둥이다! 물기둥! 눈처럼 하얀 혹! 모비 딕이다!"

이어서 세 군데 망루에서 똑같은 외침이 울렸고 선원들은 오랫동안 추적해온 그 악명 높은 고래를 보기 위해 앞다투어 뱃머리로 달려갔다. 번득이는 혹을 드러내고 규칙적으로 조용히 물을 뿜어내는 고래의 모습이 보였다.

제일 높은 망루에 오른 에이해브 선장이 외쳤다.

"그래, 저걸 아무도 못 보았다는 거냐?"

그보다 조금 낮은 쪽에 있던 타슈테고가 큰 소리로 말했다.

"제가 선장님과 거의 동시에 보았습니다."

"아니야, 동시라니! 절대로 동시가 아니었어! 저놈을 내가 제일 먼저 보도록 운명이 점지해준 거다! 그 스페인 금화는 어쩔 수 없이 내 거야. 애당초 내 것이 될 운명이었어. 자, 보아라! 저기 고래가 물을 뿜는다! 어이, 스타벅, 어서 나를 내려주게. 그리고 빨리 보트를 준비해!"

이윽고 스타벅의 보트를 제외한 모든 보트가 내려졌다. 스타벅은 모비 딕을 추격하게 되더라도 모선에 남아 있으라는 에이해브 선장의 명령을 따른 것이다. 보트들은 돛을 편 채 열심히 노를 저어 나아가기 시작했고 에이해브 선장은 선두에 섰다.

보트들은 열심히 바다를 갈랐지만 조급한 마음에 비추어 적에게 다가가는 속도가 너무 느리게 여겨졌다. 놈과의 거리가 좁혀질수록 바다는 마치 파도 위에 융단을 덮은 것처럼 더 잔잔해졌다. 마침내 사냥꾼들은 숨을 헐떡이며 먹잇감 가까이까지 갈 수 있었다. 고래는 조금도 경계의 기색을 보이지 않았고, 그 빛나는 혹이 마치 홀로 떨어진 섬처럼 바다 위를 미끄러지고 있었다. 머리에 깊게 파인 주름도 보였다. 더 앞쪽 양탄자처럼 부드러운 바다 위로는 넓은 우윳빛 이마의 그림자가 빛나고 있었고 뒤로는 고래가 지나가면서 만든 골짜기로 푸른 바닷물이 흘러들었다. 흰 고래의 등에는 대형 상선 선체 위에 솟아 있는 깃대마냥 긴 창이 부러진 채 꽂혀 있었다.

그토록 부드러운 양쪽 옆구리, 눈이 부시도록 빛나는 그 옆구리를 한 흰 고래는 유혹 그 자체였다. 이 평온함에 매료되고 현혹되어 과감하게 공격에 나섰던 사냥꾼들, 하지만 목숨을 잃으면서야 그 정적 속에는 무서운 회오리바람이 감추어져 있음을 알게 된 사냥꾼들이 그 얼마나 많았던가! 그런데 오, 평온한, 매혹적일 정도로 평온한 고래여! 너는 너를 처음 보는 사람의 눈앞에서 미끄러지듯 수면을 가르는구나! 네가 이제껏 현혹하여 파멸시킨 사람의 숫자 따위는 상관이 없다는 듯이!

모비 딕은 물속에 잠긴 몸통의 공포, 그 턱주가리의 사악한 잔인함을 감춘 채, 그렇게 조용히 잔잔한 적도 바다 위를 파도를 헤치며 조용히 앞으로 나아가고 있었다. 그러나 곧이어 고래의 머리가 천천히 수면 위로 올라왔다. 그리고 몸통으로 높은 아치를 그리면서 마치 경고하듯 꼬리를 깃발처럼 흔들어댔다. 그 장엄한 신은 그렇게 모습을 드러내더니 물속으로 모습을 감추었다. 하얀 바닷새들이 고래가 남긴 소용돌이 위를 마치 고래를 그리워하듯 떠돌았다.

세 척의 보트들은 모비 딕이 다시 나타나기를 기다리며 물위에 가만히 떠 있었다. 그렇게 한 시간쯤 시간이 흘렀다.

갑자기 타슈테고가 외쳤다.

"저 새들……! 저 새들이……."

흰 새들이 백로 무리처럼 길게 한 줄로 늘어선 채 에이해브 선장의 보트를 향해 날아왔다. 그러더니 몇 미터 쯤 위에서 마치 무언가를 기다리는 듯 기쁨에 겨운 울음소리를 내며 맴돌기 시작했다. 새들의 시각은 인간보다 예리하다. 에이해브 선장의 눈에는 아직 아무런 징후도 바다에서 보이지 않았다.

그런데 그가 고개를 숙여 바다 밑을 유심히 살펴보니, 저 아래쪽에서 족제비 정도 크기의 하얀 점이 놀랍도록 빠르게 떠오르는 것이 보였다. 그 점은 올라오더니 방향을 틀었다. 그러자 하얗게 빛나는 두 줄의 이빨들이 선명하게 모습을 드러냈다. 모비 딕의 아가리와 턱주가리였다. 놈은 보트 밑에서 번득이는 아가리를 쩍 벌렸다. 마치 대리석 무덤의 문이 열린 것 같았다. 에이해브 선장은 노를 옆으로 비스듬히 저어 보트의 방향을 돌렸다. 그리고 페달라와 자리를 바꿔 뱃머리로 가더니 퍼스가 만든 작살을 움켜쥐면서 선원들에게 노를 단단히 잡고 후퇴 준비를 하라고 지시했다.

보트의 방향을 때맞춰 돌렸기에 뱃머리는 아직 물밑에 있는 고래의 머리와 마주하게 되었다. 하지만 모비 딕은 그런 작전은 이미 간파하고 있었다는 듯 순식간에 몸을 옆으로 밀더니 주름진 머리를 보트 아래로 들이밀었다. 그리고 몸을 비스듬히 눕히더니 마치 상어가 먹이를 물어뜯듯 아가리를 쩍 벌리고 보트의 앞머리를 천천히, 그러나 다부지게 입 안에 넣었다. 두루마리처럼 말린 길고 가는 아래턱이 하늘을 향해 동그랗게 솟았고, 이빨 하나가 놋 걸이에 걸렸다. 푸르스름하면서 흰 진줏빛을 띤 턱주가리 안이, 에이해브 선장의 머리 옆, 15센티미터도 떨어지지 않은 곳에서 거대한 모습을 드러내고 있었다.

흰 고래는 마치 고양이가 쥐를 다루듯, 그런 식으로 보트를 흔들어댔다. 페달라만 당황하지 않은 눈빛으로 팔짱을 끼고 있었을 뿐, 나머지 누런 선원들은 서로 자빠질 듯 보트 고물 쪽으로 황급히 도망갔다.

고래가 보트를 가지고 장난하듯 입에 물고 흔드는 통에 뱃머리에서는 놈을 공격할 수가 없었다. 철천지원수가 눈앞에 있는데도 아무것도 할 수 없다는 사실에 화가 난 에이해브 선장은 맨손으로 고래의 긴 이빨을 움켜잡고 그 이빨을 비틀기 위해 안간힘을 썼다. 그런데 갑자기 고래의 턱이 그의 손에서 쑥 물러났다. 그러더니 잠시 후 배가 우지끈 소리를 내며 무너져내렸다. 고래가 아가리를 벌리고 배를 입에 물어 두 동강이를 내더니 바닷속으로 들어가버린 것이다.

에이해브 선장은 얼굴부터 먼저 바다에 빠지고 말았다.

먹잇감에서 물러난 모비 딕은 조금 떨어진 곳에서 난파한 선원들 주변을 빠르게 빙빙 돌았다. 다시 한 번 치명적인 공격을 가하려고 준비하는 것 같았다. 마치 부서진 보트를 보고 미칠 듯 흥분해 있는 것 같았다. 에이해브 선장은 고래 꼬리가 일으키는 거품 때문에 숨이 막힐 지경인데다, 다리가 하나뿐이니 헤엄을 칠 수가 없었다. 그는 그저 간신히 바다에 떠 있을 뿐이었다. 고물 쪽 잔해에 매달려 있던 페달라는 거품처럼 출렁이는 그를 무심한 듯 바라보고 있을 수밖에 없었고, 다른 쪽 잔해에 매달려 있던 선원들도 마찬가지였다. 그들 모두 제 한 몸 건사하기에도 바빴던 것이다. 멀쩡한 다른 보트들이 곁에 있었지만 차마 소용돌이 속으로 뛰어들어 공격할 엄두를 내지 못했다. 그랬다가는 오히려 에이해브 선장을 비롯한 모든 선원이 파멸에 빠질 위험이 있었고, 자신들의 안전도 보장할 수 없었던 것이다.

그러는 사이 처음부터 그 모습을 지켜보고 있던 본선이 근처로 다가왔다. 에이해브 선장은 덧없는 소리를 지르고 있었다.

"곧바로 놈을 공격하라! 놈을 공격해!"

마침내 피쿼드호는 뾰족한 뱃머리를 고래와 조난자들 사이로 들이미는 데 성공했다. 모비 딕은 무슨 생각에서인지 그곳에서 멀어졌다. 그러자 보트가 조난자들 구조에 나섰다.

스터브의 보트에 올라간 에이해브 선장은 기진한 듯 한동안 바닥에 널브러져 있었다. 마치 그의 몸 깊은 곳에서 황량한 울부짖음이 계속되고 있는 것 같았다.

잠시 후 어느 정도 기력을 회복한 그가 힘겹게 몸을 반쯤 일으키며 물었다.

"작살은?"

"선장님, 여기 있습니다. 던지지 않았으니까요."

스터브가 그에게 작살을 보여주며 말했다.

"실종자는?"

"다행히 다섯 명 다 무사합니다."

"잘됐군. 자, 나 좀 일으켜주게. 아, 놈이 보이는군! 저기, 저기, 바람을 등지고 가고 있어. 저 물줄기 솟는 걸 보라고! 자, 에이해브의 뱃속에 다시 마르지 않는 생기가 솟는다! 자, 돛을 펼쳐라! 노를 저어라!"

그러나 보트로는 모비 딕을 쫓아갈 수 없었다. 놈이 갑자기 속력을 냈기 때문이다. 보트들은 일단 본선으로 돌아왔다. 그리고 보트를 배 위로 끌어 올린 후 다시 모비 딕 추적에 나섰다. 하지만 날이 저물도록 모비 딕이 내뿜은 물기둥과의 거리는 좁혀지지 않았다. 머지않아 밤이 되었지만 망꾼들은 여전히 자리를 지켰다. 망꾼이 너무 어두워 아무것도 보이지 않는다고 하자 에이해브 선장이 말했다.

"좋아, 이제 밤이 됐으니 놈도 천천히 움직일 테지. 돛들을 모두 내리게, 스타벅. 맞바람을 받도록 배를 돌려라. 놈을 앞지르면 안 된다. 망꾼들은 모두 내려와라. 스터브, 자네가 아침까지 당직을 서도록 해라. 갑판은 자네가 맡아주게, 스타벅."

말을 마친 그는 선실로 들어가려는 듯 승강구로 향했다. 하지만 그는 선실로 내려가지 않고 승강구 안으로 반쯤 들어가 모자를 눌러쓴 채 밤새 꼼짝 않고 앉아 있었다. 다만 밤이 언제 지나려는지 확인하려는 듯 이따금 몸을 일으켰을 뿐이었다.

제28장 추격 ― 둘째 날

동이 트자마자 에이해브 선장이 교대해서 망루로 올라간 망꾼들에게 물었다.

"놈이 보이나?"

"저기 물을 뿜는다! 정면이다!"

망꾼은 대답 대신 고함을 질렀다. 그러자 스터브가 외쳤다.

"그럼 그렇지! 내 그럴 줄 알았어! 네놈은 도망갈 수 없어! 그래, 물을 뿜어라, 뿜어! 이, 고래 놈아, 분수공이 찢어지도록 뿜으라고! 미친 악마가 너를 노리고 있다! 마지막 한 방울까지 뿜어라! 에이해브가 네 피를 흐르지 않게 막아줄 테니!"

스터브의 그 외침은 거의 모든 선원의 심정을 대변하고 있었다. 오래 묵은 포도주가 발효하듯 선원들 모두의 내부에서 광기가 부글부글 끓고 있었다. 에이해브 선장의 위엄 앞에서 모든 공포와 불길한 예감도 사라지고 운명의 손아귀가 그들의 영혼을 낚아챘다. 전날 겪었던 극심한 위기, 밤새 그들을 괴롭히던 불안, 도망가는 표적을 향한 그들 배의 맹목적이고 미친 듯한, 그리고 집요한 추적, 이 모든 것이 그들의 심장을 감동으로 떨리게 하였다. 그들은 서른 명이 아니라 하나가 된 것이었다.

선구(船具)들도 살아 있었다. 돛대 머리는 마치 커다란 야자수 꼭대기처럼 팔다리를 활짝 펼치고 서 있었다. 활대의 나무들도 거기 앉아 운명을 받아들일 인간들과 함께 살아 있는 듯했다. 오! 자신을 파멸시킬지도 모를 것에 이르기 위해 이 망망한 푸름 속에서 투쟁하는 자들이여!

에이해브 선장이 망대를 향하여 소리쳤다.

"흰 고래가 보인다더니 왜 아무 소리가 없는가? 너희가 잘못 본 거다. 모비 딕은 그렇게 한 번 물기둥을 쏘고 사라져버리지 않는다. 자, 나를 망루에 올려달라."

그의 말이 맞았다. 흥분한 망꾼이 엉뚱한 것을 고래 물기둥으로 착각한 것이다. 에이해브 선장은 망루에 올랐다. 그런데 그가 망루에 오르자마자 그가 마치 소총의 축포처럼 대기를 떨리게 만드는 소리를 질렀다. 그리고 서른 명의 허파로부터 동시에 의기양양한 외침이 터져 나왔다. 모비 딕이 저 앞에서 불쑥 모습을 드러낸 것이다.

모비 딕은 차분하고 느긋한 물기둥, 그 평화로운 물기둥으로 자신의 존재를 알린 것이 아니라 물 위로 솟구쳐 도약하는 놀라운 몸짓으로 자신의 존재를 드러낸 것이다! 그것은 도발의 도약 바로 그것이었다.

선원들이 일제히 외쳤다.

"놈이 뛰어오른다! 놈이 뛰어오른다!"

고래가 일으키는 물보라는 푸른 하늘을 배경으로 빙하처럼 눈이 시릴 정도로 날카롭게 번득이더니 일순 자욱한 안개로 변하며 잦아들었다.

"그래, 모비 딕! 태양을 향한 마지막 도약이로구나!"

에이해브 선장이 소리쳤다.

"자, 이제 네 최후가 왔다! 네 작살이 준비되어 있다! 자, 보트를 내려라!"

에이해브 선장은 명령을 내린 뒤 보트에 오르면서 스타벅에게 말했다.

"스타벅, 배는 자네가 맡아주게. 보트들과 간격을 두되 일정 거리 이상 떨어지지 않도록!"

모비 딕은 선공을 가하려는 듯 몸을 돌려 세 보트를 향해 천천히 다가왔다. 에이해브 선장의 보트는 한가운데 있었다. 그는 선원들을 독려하며 자신이 고래의 정면을 공격하겠다고 말했다. 고래를 공격할 때는 흔히 있는 일이었다. 고래의 눈이 옆에 있었기에 일정한 거리 안으로 들어가면 고래의 시야에 들어가지 않기 때문이다.

그러나 그런 가까운 거리를 확보하기도 전에 고래가 아가리를 벌린 채 엄청난 속도로 세 보트를 향해 돌진했다. 보트마다 작살이 난무했지만 놈은 보트를 남김없이 부숴버리겠다는 일념에 불타는 듯 아랑곳하지 않았다. 보트들은 한동안 잘 훈련된 전쟁터의 군마처럼 고래의 공격을 잘 피했다.

그러나 고래가 몸을 뒤척이며 공격하는 통에 고래 몸에 박혀서 느슨하게 늘어져 있던 작살 줄들이 서로 엉키면서 점점 짧아졌고, 보트들은 고래 가까이로 끌려갈 수밖에 없었다. 에이해브 선장은 틈을 봐서 꼬인 매듭을 어떻게든 풀어보려 애썼다.

순간 흰 고래가 여전히 뒤엉킨 밧줄 사이로 돌진했다. 그 바람에 스터브와 플래스크의 보트가 고래 꼬리 쪽으로 끌려가면서 맞부딪쳤고 고래는 물속으로 들어가 들끓는 소용돌이 속으로 자취를 감춰버렸다.

난파한 보트의 선원들은 물속에서 빙빙 돌면서 떠다니는 밧줄통이나 노 같은 것에 매달렸다. 몸집이 작은 플래스크는 물 위에 비스듬히 누워 상어의 공격을 피하려는 듯 다리를 재게 움직이며 떠 있었고, 스터브는 구해달라고 큰 소리로 외치고 있었다.

에이해브 선장의 보트는 아직 부서지지 않았다. 에이해브 선장은 밧줄을 던져 그들을 구하려 했다. 순간 물속에서 화살처럼 수직으로 밀고 올라온 흰 고래가 이마로 보트 밑바닥을 힘껏 들이받았다. 보트는 빙빙 돌며 허공으로 날아올랐다가 거꾸로 뒤집힌 채 바다에 처박혔다. 에이해브 선장과 선원들은 마치 동굴에서 빠져나오듯 그 밑에서 간신히 빠져나올 수 있었다.

고래는 이 정도로 만족한다는 듯, 뒤엉킨 밧줄을 뒤로 질질 끌며 바람 불어가는 쪽을 향해 바다를 헤치며 나아갔다.

지난번처럼 가까이서 전투 장면을 지켜보던 본선이 재빨리 다가와 선원들을 구조했다. 손목과 발목이 접질리고 타박상을 입은 사람들은 많았지만, 치명상은커녕 중상을 입은 사람은 없는 것 같았다. 보트의 부서진 반쪽을 붙잡고 떠 있던 에이해브 선장도 무사히 구출되었다.

하지만 그가 구조되어 올라오자 사람들의 눈이 휘둥그레졌다. 그가 혼자 힘으로 서지 못하고 스타벅의 어깨에 반쯤 매달려 있었던 것이다. 그를 지탱해온 고래 뼈 다리가 부러져 날카롭고 짧은 조각만 남아 있었다.

그들의 모습을 본 에이해브 선장이 스타벅에게 말했다.

"스타벅, 이따금 사람에게 이렇게 매달리는 것도 괜찮군."

그러자 스터브가 진심으로 걱정스러운 표정으로 말했다.

"어디 뼈가 부러진 것은 아니시겠지요, 선장님."

"흰 고래건, 사람이건, 악마건, 늙은 에이해브 내면의 범접할 수 없는 존재는 털끝 하나 건드릴 수 없어…… 어이, 망꾼! 어느 쪽으로 갔어?"

"정확하게 바람 불어가는 쪽입니다, 선장님!"

"그렇다면 키를 올려라! 돛을 펼쳐라! 남은 예비 보트를 내리고 장비를 갖춰라! 스타벅, 자네는 보트에 탈 선원들을 챙겨라. 자, 내게 지팡이로 쓸 만한 걸 가져와라. 그래, 저기 저 부러진 창이면 되겠군. 그런데 내 작살이 어디 갔나? 아니, 내가 던졌다고? 그렇다면 고래 몸에 박혀 있겠군. 망꾼! 고래에게서 눈을 떼지 마라! 자, 빨리 닻을 올리고 돛을 펼쳐! 지구를 열 바퀴 돌더라도, 아니 지구 밑까지 뚫고 들어가서라도 놈을 잡고야말겠어!"

보다 못한 스타벅이 소리 지르듯 말했다.

"오, 하나님, 한 번만이라도 모습을 드러내주시기를! 딱 한 번만이라도! 영감님, 영감님은 절대로 놈을 잡을 수 없어요. 예수님의 이름으로 이제 제발, 그만…… 악마의 광기보다 더한 이 짓을! ……이틀 동안 놈을 쫓았고 두 번이나 보트가 산산조각이 났습니다. 선장님의 다리도 다시 한 번 잘렸고 선장님을 따르던 악령도 삼켜졌습니다. 선한 천사들이 계속 선장님께 경고하는 겁니다. 이제 선장님이 더 하실 수 있는 게 뭐 있겠습니까? 그 살인 고래가 한 사람도 남김없이 물속에 처박을 때까지 계속 추격하겠다는 건가요? 우리 모두 바다 밑까지 끌려들어가야 하는 건가요? 지옥의 왕국까지 끌고 가게 하려는 건가요? 아, 아, 이 이상 추격을 계속하는 건 신성모독이고 불경한 짓입니다."

"스타벅, 요즈음 나는 이상하게 자네에게 끌렸지. 우리가 서로의 눈을 들여다본 순간부터…… 우리 둘의 눈에서 같은 걸 본 거야. 자네가 볼 수 있는 그것을 나도 본 거지. 하지만 고래의 경우에는 달라. 그 경우 자네의 얼굴은 마치 이 손바닥과 같아. 입도 없고 이목구비도 없는, 아무것도 아닌 것. 에이해브는 영원히 에이해브야. 나는 운명의 부하일 뿐이야. 나는 운명의 지시에 따라 행동할 뿐이고 그건 태곳적부터 불변인 거야. 그리고 너희, 조무래기 내 부하들! 너희는 내 명령대로 움직여야 해. 그게 너희 운명이야! 자, 모두 봐라. 여기 외발로 지팡이에 의지한 늙은이가 있다. 그것은 에이해브, 그의 육신이다. 하지만 에이해브의 영혼은 다리가 100개인 지네와 같다. 아무리 좌초를 당하더라고 뚝 끊어지는 일은 없다. 자, 가라앉았던 것들은 마지막으로 가라앉기 전에 수면에 두 번 떠오르기 마련이다. 그런 후 천천히, 영원히 가라앉는다. 모비 딕도 마찬가지다. 이미 두 번 떠올랐으니 한 번 더 떠오를 것이다. 하지만 놈이 내뿜는 물줄기는 마지막 물줄기가 될 것이다. 어떤가! 가슴에 용기가 솟구치는가?"

"불덩이처럼 두려움 없이요!"

스터브가 외쳤다.

하지만 날은 이미 저물고 있었다. 에이해브 선장은 고래가 여전히 시야에 들어오는지 망꾼에게 물어 확인한 후 내일의 출정 준비를 하라고 선원들에게 명령했다.

그리고 어제와 똑같은 준비가 이루어졌다. 목수는 보트의 부서진 용골로 에이해브 선장의 다리를 새로 만들었다.

제29장 추격 ― 셋째 날

셋째 날 아침이 화창하게 밝았다. 고래는 시야에 들어오지 않았다. 정오가 될 때까지 고래는 모습을 보이지 않았다.

에이해브 선장이 말했다.

"아무것도 안 보인다고? 그래, 우리가 놈을 추월한 거야. 헌데 언제 어떻게? 이런, 멍청하긴! 그래, 놈이 우리를 추격하고 있는 거야. 간밤에 지나쳐버린 거야. 자, 배를 돌려라! 방향을 돌려라!"

스타벅은 큰 돛 줄을 난간에 감으며 중얼거렸다.

"이제 바람을 거슬러 벌린 아가리를 향해 가는군. 오, 신이시여, 우리를 지켜주소서! 아, 그의 명령을 따르는 것은 신의 뜻에 거역하는 것이 아닐까?"

에이해브 선장은 자신을 망루에 올려달라고 명령했다. 그리고 한 시간가량 흐른 후 드디어 그가 뱃머리 쪽에서 물기둥을 발견했고, 세 망루에서도 동시에 "고래다!" 하는 고함이 터져 나왔다.

에이해브 선장은 중얼거리며 망루에서 내려왔다.

"자, 세 번째는 이렇게 정면으로 맞서게 되었구나."

이윽고 그의 명에 따라 보트를 내렸다. 에이해브 선장은 보트로 내려서기 전에 일등항해사에게 손짓했다.

"스타벅!"

"예, 선장님."

"내 영혼의 배가 세 번째 항해를 시작하네, 스타벅."

"예, 선장님. 선장님이 원하시던 거지요."

"어떤 배들은 항구를 떠난 뒤 영영 사라진다네, 스타벅."

"사실이지요. 슬프지만 사실입니다."

"자, 스타벅, 우리 손을 잡지."

그들은 손을 맞잡고 서로의 눈을 응시했다. 두 사람의 눈길이 스타벅의 눈물에 의해 붙어버린 것 같았다.

"오, 선장님, 나의 선장님…… 고결하신 분…… 가지 마세요……. 가지 마세요!"

"자, 다들 보트에 올라라!"

에이해브 선장이 일등항해사의 팔을 밀어내며 명령했고 보트는 이내 고물 바로 아래쪽으로 돌아갔다. 그때 고물 밑 선창에서 누군가가 외쳤다.

"상어다! 상어! 선장님, 돌아오세요."

하지만 에이해브 선장은 그 소리를 듣지 못했다. 그가 큰 소리로 출발을 명했고 보트는 이미 돌진하고 있었다.

사실이었다. 보트가 본선에서 멀어지자마자 득실거리는 상어 떼들이 선체 밑 어두운 물속에서 솟구쳐 오르더니 보트를 따라갔다.

보트들이 얼마 멀리 가지 않았을 때 배 돛대 꼭대기에서 신호를 보냈다. 고래가 잠수했다는 신호였다. 고래는 본선에서 별로 떨어지지 않은 곳에 있었다.

그때였다. 보트들 주변의 파도가 갑자기 커다란 원을 그리며 천천히 부풀어 오르는가 싶더니 늘어진 밧줄과 작살과 창을 줄줄이 매달고 있는 커다란 고래 몸체가 바다에서 세로로 비스듬히 솟아올랐다. 고래는 잠시 허공에 떠 있다가 다시 물속으로 가라앉았다.

"자, 힘껏 노를 저어라!"

에이해브 선장의 명령에 노잡이들은 열심히 노를 저었다. 머리를 쳐든 고래는 꼬리로 보트들 사이의 물을 마구 휘저었고, 그 바람에 보트들 사이의 간격이 벌어졌다. 두 항해사의 보트에서 작살과 창이 쏟아지자 고래는 두 보트를 향해 돌진했다. 보트는 순식간에 부서졌으며 모비 딕은 순간 방향을 바꾸었다. 그리고 반대 방향으로 재빠르게 나아가더니 본선 옆구리를 스치듯 지나갔다. 모비 딕은 전속력으로 헤엄치고 있었다. 오로지 저 멀리 난바다로 가겠다는 일념만을 가진 듯 보였다.

이제 남은 것은 에이해브 선장의 보트뿐이었다. 배 위에서 스타벅이 온 힘을 다해 소리쳤다.

"오오, 선장님! 아직 늦지 않았어요. 오늘, 셋째 날이라도 단념할 수 있어요. 보세요. 모비 딕은 선장님을 노리는 게 아니에요. 선장님, 오로지 선장님만이 미친 듯 모비 딕을 쫓고 있는 거라고요!"

홀로 남은 에이해브 선장의 보트는 전속력으로 고래를 향해 나아갔다. 보트가 뱃전을 스쳐 지나갈 무렵 에이해브 선장은 난간 밖으로 몸을 기울이고 있는 스타벅에게 적당한 간격을 두고 따라오라고 소리쳤다. 위를 올려다보니 타슈테고와 퀴퀘그, 다구가 돛대 꼭대기를 향해 올라가는 모습이 보였다. 노잡이들은 방금 뱃전으로 끌어 올린 보트를 수리하느라 여념이 없었다. 스터브와 플래스크가 새 작살과 창을 쌓아놓고 작업하는 모습도 보였다.

날쌔게 헤엄쳐가던 고래가 속도를 늦추었다. 사흘째 치른 격투에 놈도 지쳤거나 온몸에 입은 작살과 창 상처 때문에 기진했는지도 몰랐다. 냉혹한 상어 떼도 보트와 동행하면서 집요하게 노를 물어뜯고 있었다.

드디어 보트가 고래와 나란히 달리기 시작했다. 고래의 물기둥과 주변에 소용돌이치는 안개에 완전히 파묻힐 지경이 되었을 때 에이해브 선장은 두 팔을 높이 쳐들고 고래를 향해 작살과 함께, 그보다 더한 저주를 날렸다. 작살이 눈구멍에 꽂히자 모비 딕은 몸을 옆으로 비틀며 발작적으로 뒹굴다가 옆구리로 보트를 들이받았다. 보트가 너무 갑자기 기우는 바람에 에이해브 선장은 또다시 바다에 빠질 뻔했다. 노잡이 세 명은 균형을 잃고 바다에 내동댕이쳐져버렸다. 그중 두 명은 높이 올라온 파도를 타고 보트 안으로 몸을 날렸고 나머지 한 명은 바다에서 헤엄을 치며 떠 있었다.

그때였다. 마치 갑작스럽게 폭발적인 의지가 발동한 듯, 고래가 전속력으로 달리기 시작했다. 에이해브 선장은 조타수에게 작살에 연결된 밧줄을 다시 감으라고 소리친 후, 목표물을 향해 노를 저으라고 명령했다. 순간 밧줄이 허공에서 툭 끊어져버렸다.

"뭐야! 내 안의 그 무언가가 끊어진 건가? 상관없다. 어서 노를 저어라! 어서 노를 저으라고!"

보트는 고래의 뒤를 맹렬하게 따르고 있었다. 순간 고래는 몸을 홱 돌리더니 길을 막으려는 듯 보트를 향해 이마를 들이댔다. 그때 그곳에 있던 본선이 고래의 시야에 들어왔다. 아마 자신을 그토록 괴롭히는 것의 원천이 바로 그 배라고 생각했는지, 혹은 덩치 큰 본선이 대적할 만한 당당한 적수라고 생각했던지, 고래는 거센 물거품을 일으키며 본선을 향해 돌진했다.

보트에 타고 있던 노잡이들이 겁에 질려 소리쳤다.

"고래가! 본선을!"

에이해브 선장이 고함쳤다.

"자, 노를 저어라! 노를 저어! 본선을 구해야 한다!"

하지만 조금 전에 고래와 부딪히면서 부서진 판자 사이로 물이 들어오는 바람에, 선원들은 반쯤 물에 잠긴 채 물을 퍼내느라 정신이 없었다.

돛대 꼭대기에 있던 타슈테고, 아래쪽 돛대에 있던 스타벅과 스터브도 배를 향해 돌진하는 고래를 보았다. 스타벅은 신을 향해 기도했고 스터브는 절망 상태에서도 "네놈이 웃으며 달려드는구나! 그래, 나도 웃어주마!"라며 비장한 각오를 다졌으며 플래스크는 "아, 이럴 줄 알았으면 급료를 미리 받아 어머니께 전해주는 건데!"라며 안타까워했다.

금세 거의 모든 선원이 일손을 놓은 채 뱃머리에 모였다. 저마다 일하던 도구들을 그대로 손에 든 채 흘린 눈으로 고래를 바라보았다. 놈의 온몸은 보복, 복수로 가득 차 있는 것 같았다. 그러나 배를 향하여 돌진하는 고래를 보고도 그들이 할 수 있는 일은 아무것도 없었다.

고래의 희고 견고한 머리가 뱃머리 오른쪽을 들이받자 몇몇 선원은 휘청거렸고 그 자리에서 고꾸라지는 사람들도 있었다. 부서진 곳에서 급류처럼 바닷물이 쏟아져 들어오는 소리가 들렸다.

가라앉는 배 밑으로 들어간 고래는 배의 용골을 따라 달리더니 물 밑에서 방향을 바꾸고는 순식간에 수면으로 올라와서 잠시 동안 가만히 있었다. 뱃머리에서는 제법 떨어진 곳이었지만 에이해브 선장의 보트와는 가까운 곳이었다.

에이해브 선장이 울부짖었다.

"오오, 오직 신만이 빼앗을 수 있는 나의 배여! 그대, 나를 두고 가려는가! 난파한 배의 선장으로서 최소한의 자존심조차 가질 수 없단 말인가? 오, 고독한 삶 뒤의 고독한 죽음이여! 이제 나는 이 가장 큰 고통 속에 가장 큰 위대함이 있음을 느끼도다! 모든 것을 파괴할 뿐 정복하지는 않는 고래여! 나는 이제 네게 돌진해 끝까지 너와 맞서 싸우리라! 지옥 한복판에서라도 네게 작살을 던질 것이며 증오의 이름으로 네게 내 마지막 숨결을 내뱉으리라! 내 너를 쫓다가 갈가리 찢길지언정 나는 네 몸과 묶이리라, 이 저주받은 고래여! 그러니 어서 창을 받아라!"

이어서 작살이 날아갔다. 작살에 찔린 고래는 앞으로 내달렸고 밧줄은 급히 풀려나가다가 엉켜버렸다. 에이해브 선장이 밧줄을 풀기 위해 몸을 굽혔지만 밧줄이 그의 목을 휘감았고 그는 순식간에 뱃전에서 튕겨 나갔다.

보트의 선원들은 한동안 어리둥절해서 꼼짝 않고 있다가 뒤를 돌아보았다.

"배는? 오, 맙소사! 배가 어디로 갔단 말인가!"

얼마 후 흐릿한 물안개 사이로 침몰하는 배의 모습이 환영처럼 보였다. 이제 물 위에 떠 있는 것은 가장 높은 돛대뿐이었고 작살잡이들은 배가 가라앉는데도 여전히 망루를 지키고 있었다. 이어서 바다는 동심원을 그리면서 홀로 떠 있던 보트를, 선원들을, 노와 창 자루를 낚아챘고, 피쿼드호의 마지막 조각까지 집어삼켜버렸다.

작은 바닷새들이 아직도 입을 벌리고 있는 심연 위에서 울부짖으며 날고, 음울한 흰 파도가 그 심연의 가파른 측면에 와서 부딪혔다. 이윽고 다시 그 심연이 닫혔고, 바다라는 거대한 수의는 5,000년 전부터 그랬듯이 여전히 굽이치고 있었다.

에필로그

저만 살아남아 이렇게 말씀드리러 왔습니다.

「욥기」

드라마는 끝났다. 그런데 왜 누군가가 이렇게 또 무대에 등장한 것인가? 난파 현장에서 생존자가 한 명 있었기 때문이다. 운명의 장난인지 나는 그날 에이해브 선장 보트의 노잡이 역을 맡고 있었다. 전날 그의 다섯 명의 노잡이 중 한 명이 희생되었기 때문이다. 그날 바다에 내동댕이쳐져서 고물 쪽에 떠 있던 사람은 바로 나였다. 나는 난파 현장 근처를 떠돌며 모든 것을 목격할 수 있었다.

하지만 내 목숨도 경각에 달려 있긴 마찬가지였다. 본선이 침몰하면서 만든 소용돌이에 나도 서서히 빨려 들어가고 있었다. 내가 소용돌이 근처에 닿았을 때는 거품이 이는 웅덩이 정도로 느릿해진 상태였다. 나는 느리게 회전하는 동그라미 한복판에 단추처럼 박힌 신세가 되어 빙글빙글 돌며 끌려들어가고 있었다.

드디어 내가 그 중심에 이르렀을 때였다. 뭔가 검은 물체가 바로 내 옆으로 흘러왔다. 바로 퀴퀘그의 관으로 만든 구명부표였다. 고래가 준 충격에 하늘 높이 솟구쳐 올랐다가 떨어진 것이었다. 나는 그 관에 매달려 꼬박 하룻낮과 하룻밤을 망망대해에서 떠돌았다. 상어들이 옆을 스쳤지만 마치 자물쇠로 입을 채워버린 것처럼 나를 공격하지 않았다. 사나운 물수리들도 부리에 칼집이라도 씌운 것 같았다.

이튿날 배 한 척이 다가왔고 나는 구조되었다. 잃어버린 아들을 찾기 위해 떠돌던 레이철호였다. 찾던 아들 대신 엉뚱한 고아를 발견한 셈이었다.

『모비 딕』을 찾아서

여러분은 그 무언가에 대해 신념을 갖고 있는가? 집념을 갖고 그 무언가에 몰입해서 그것을 성취해본 적이 있는가? 만일 그렇다면 기꺼이 박수를 보낸다. 신념은 소중하다. 그 무언가에 몰입하는 모습은 아름답다. 게다가 어려운 싸움에서 승리를 거두고 그 무언가를 성취했다면 더더욱 뭇사람들의 갈채를 받을 만하다.

그런데 방금 여러분이 읽은 허먼 멜빌(Herman Melville, 1819~1891)의 『모비 딕(Moby Dick)』은 정반대되는 상황을 그리고 있다. 이 소설은 집념의 승리를 보여주는 것이 아니라 집념의 패배를 보여주고 있다. 흰 고래 모비 딕을 향한 복수심에 불타서, 놈을 기어이 죽이고야 말겠다는 강력한 집념에 사로잡힌 에이해브 선장은, 그 목적을 이루기는커녕 자신뿐 아니라 선원들까지 모두 죽음으로 이끈다.

게다가 에이해브 선장을 제외한 다른 선원들의 죽음에는 명분도 없다. 전쟁터에서의 병사의 죽음에는 명분이 있다. 하지만 피쿼드호의 선원들은 에이해브 선장의 맹목적 증오, 광기의 희생물이 되었을 뿐이다. 게다가 그들은 수동적인 희생자들이 아니라 자발적인 희생자들이다. 에이해브 선장이 자신은 오로지 흰 고래를 죽이기 위해 이 배에 탔다고 밝히자 그들 모두 한마음으로 그의 복수에 동참할 것을 맹세한다.

상식적으로 생각한다면 그들은 에이해브 선장에게 반기를 들었어야 할지도 모른다. 그들은 고래를 잡아 기름을 얻기 위해 피쿼드호에 오른 것이지 선장의 복수를 위해 배에 오른 것이 아니지 않은가? 그런데 그들은 자신들의 목표보다는 선장의 목표를 더 우선으로 삼는다.

어떻게 그런 일이 가능했던 것일까? 선원들 모두 에이해브 선장의 복수심과 증오에 공감했기 때문일까? 그들 모두 에이해브 선장의 카리스마에 짓눌렸기 때문일까? 물론 그런 면도 있을 수 있다. 하지만 그것만으로는 부족하다. 그보다 더욱 중요한 사실이 있다. 그것은 바로 모비 딕을 둘러싸고 고래잡이

배들 사이에 떠돌고 있는 풍문들이다. 모비 딕이 더없이 잔인하며 악의 화신일지도 모른다는 악명, 바로 그것이 에이해브 선장의 증오에 선원들이 기꺼이 동참하게 한다.

피쿼드호의 선원들은 모두 모비 딕에 대해 알 수 없는 공포심을 느끼고 있다. 그들은 모두 모비 딕에 대한 공포로 인해 하나가 된다. 바로 그 공포심이 그들을 선장의 복수심과 하나로 묶어준다. 공포와 증오는 서로 이웃하고 있는 감정이다. 게다가 공포와 증오만큼 사람들을 거의 맹목적으로 하나가 되게 만들어주는 것도 없다. 그 공포와 증오로 인해 모비 딕은 모두에게 가상의 적이 된다. 아니, 적 정도가 아니라 반드시 없애야만 하는 악의 화신이 된다. 사람들을 하나로 뭉치게 하는 데는 가상의 적에 대한 공포심에 젖게 하는 것보다 더 좋은 방법이 없다. 공동의 이익을 위해 뭉치는 것이 인간이기도 하지만 공동의 적 앞에서 더욱 단단히 뭉치는 것이 또한 인간이기 때문이다. 공동의 적인 악의 화신 모비 딕을 향한 공포심과 증오심 덕분에 에이해브 선장은 절대적인 독재자가 될 수 있었다.

그런데 예외적인 인물이 한 명 있다. 바로 피쿼드호의 일등항해사 스타벅이다. 그는 신중한 사람이며 진정한 용기란 정당한 판단에서 나온다는 것, 아무런 겁도 없는 만용이 비겁함보다 더 위험하다고 생각하는 사람이다. 그는 유일하게 에이해 브 선장이 정상이 아니라는 것을 알고 있는 사람이다. 에이해 브 선장이 모두를 죽음으로 이끄는 살인자에 불과할지도 모른 다고 생각하는 사람이다. 그는 에이해브 선장에게 반박도 하며, 지금이라도 되돌아가자고 간언도 한다. 심지어 모두의 안전을 위하여 그를 없애려는 유혹에 잠시 빠지기도 한다.

그렇다면 에이해브 선장과 스타벅은 서로 적대적인 관계인 가? 아니다. 스타벅은 에이해브 선장이 선원 중 유일하게 신임 하는 인물이며, 살아서 돌아가길 간절하게 비는 인물이다. 좀 길지만 이 소설에서 가장 감동적이라고 할 수 있는 에이해브 선장과 스타벅의 대화를 음미해보기로 하자.

"내가 열아홉의 젊은 나이로 처음 고래잡이에 나서던 날 도 이렇게 청명했지. 벌써 40년 전 일이로군……. 그래, 벌써 40년이 흘렀어. 40년간을 오로지 고래만 잡으며 보 낸 거야! 40년간 궁핍과 위험과 폭풍우와 함께 지낸 거 야! (……) 그래, 스타벅, 40년 동안 에이해브가 뭍에서 지 낸 시기는 3년도 채 되지 않아. 40년 동안 나는 바싹 마 르고 소금에 절인 음식만 먹었어. 내 영혼의 양식도 그

만큼 바싹 마를 수밖에 없었지. (……) 쉰 넘어 결혼한 어린 아내는 바다 저 멀리에 있고…… 딱 하루 신혼의 베개를 베어보았을 뿐, 결혼 다음 날 혼곶을 향하는 배에 올랐지. 아내? 아내라고? 아니야, 차라리 생과부라고 하는 게 옳지. (……) 에이해브는 광기, 광포, 끓는 피와 뜨거운 이마로 1,000번도 넘게 바다에 보트를 내리고 물보라를 일으키며 먹잇감을 쫓았지. 사람이라기보다는 마치 악마처럼! 그래, 그래…… 40년 동안! 그 미친 짓을! 정말로 미쳐서! 오, 얼마나 미친 늙은이란 말인가, 이 에이해브란 작자는! (……) 아아, 스타벅! 내 이렇듯 무거운 짐을 진 채 살아왔는데 결국 그 보답으로 내 다리 한쪽을 가져가버린다면 그건 너무 잔인하지 않은가? (……) 나는 마치 낙원에서 쫓겨난 후 무궁한 세월에 짓눌려버린 아담이 된 기분이야. 너무 힘겨워. 어깨가 굽고 등이 휘는 느낌이야. 아아, 이 굽은 등, 백발은 신이 내게 내린 조롱이야! 오오, 신이시여! 제가 그 모든 조롱을 뒤집어쓸 만큼 영화를 누렸나이까? 스타벅, 제발 가까이 오게. 내 옆에 바싹 다가서도록 해. 사람의 눈을 들여다보고 싶어. (……) 자네 눈에서는 내 아내와 아들이 보여. 아아, 자네는 배를

모비 딕

떠나지 마. 내가 보트를 내리더라도, 이미 낙인이 찍힌 에이해브가 모비 딕을 추격하더라도 자네는 그러지 말아. 그런 모험은 자네 것이 아니야. 안 돼! 안 돼! 자네의 눈 속에 내 고향 집이 보이는데 그러면 안 돼!"

스타벅이 감동에 젖은 눈길로 에이해브 선장을 바라보며 외치듯 말했다.

"오, 선장님! 저의 선장님! 고귀한 영혼이여! 위대하고 성숙한 가슴이여! 왜 그 가증스러운 고래 뒤를 쫓아야 한단 말입니까! 저와 함께 갑시다! 이 죽음의 바다에서 벗어납시다! 고향으로 돌아갑시다!"(……)

하지만 에이해브 선장은 스타벅에게서 눈길을 돌리더니 말라붙은 과일나무처럼 몸을 부르르 떨다가 타버린 재 같은 눈을 아래로 떨어뜨렸다.

"이건 뭐지? 이름도 없고 헤아릴 수도 없으며 신비한 이것은? 그 어떤 음험하게 몸을 숨긴 주인이, 그 어떤 잔인하고 무자비한 황제가 내게 명령을 내리는 것일까? (……) 내 마음, 본연의 타고난 마음속에는 품을 수조차 없는 일을 무모하게 저지르게 하는 것은 누구인가? 에이해브는 과연 에이해브인가? 이 팔을 들어 올리는 것은 나인가,

신인가, 아니면 또 다른 누구인가? 위대한 태양도 저 스스로 움직이는 게 아니라 하늘의 심부름꾼에 불과하다면, 별도 보이지 않는 어떤 힘 없이는 꼼짝할 수 없다면, 이 작은 가슴은 어찌 혼자 뛸 수 있으며 이 작은 머리는 어찌 홀로 생각할 수 있단 말인가!"(185~188쪽)

이 대화에서 모든 것이 뒤집힌다. 에이해브 선장은 악의 화신이 아니라, 개인적 증오에 불타는 인물이 아니라 '낙인'이 찍힌 인물이 된다. 무슨 낙인? 안락한 생활을 버리고 광포한 바다에서 무거운 짐을 지고 살아야만 한다는 낙인, 그 결과 다리 한쪽을 잃게 되는 잔인한 보답만이 기다리게 되어 있는 낙인, 그 모든 저주에 대한 분노를 모비 딕을 향해 쏟을 수밖에 없는 낙인이 찍힌 인물이 된다. 자신의 그런 삶을 에이해브 선장은 "마치 낙원에서 쫓겨난 후 무궁한 세월에 짓눌려버린 아담이 되어버린 느낌이야"라고 말한다. 아담이 누구인가? 『성서』에 나오는 인류의 조상이다. 에이해브 선장은 과감하게 자신이 아담이 된 느낌이라고 말한다. 무슨 뜻인가? 자신의 운명이 곧 인류의 운명이라고 말하고 있는 것이다. 그 운명은 돌이킬 수 없는 비극적인 운명이다. 회복 불가능한 비극적인 운명이다. 그 운명은 신이 내린 조롱이기에 거기서 벗어날 길이 없다.

그런 에이해브 선장을 보고 스타벅은 "오, 고귀한 영혼이여! 위대하고 성숙한 가슴이여!"라고 외친다. 왜 고귀한 것일까? 에이해브가 그 운명으로부터 도망가지 않고 당당히 맞서 그 운명을 자기 것으로 맞이하기 때문이다. 그 길이 파멸의 길인 줄 알면서도 회피하지 않기 때문이다. 파멸로 이끄는 길인 줄 알면서도 기꺼이 그 길로 나아가는 모습, 그 모습 앞에서 우리는 무모하다고 말하지 않는다. 우리는 그 모습이 장엄하며 숭고하다고 느낀다. 엄숙하며 장중하다고 느낀다.

여러분은 에이해브 선장의 모습에서 무엇을 느꼈는가? 무모하다고 느꼈는가? 맹목적이라고 느꼈는가? 독선적인 폭군이라고 느꼈는가? 아니면 운명에 도전하며 동시에 그 운명을 자신의 것으로 받아들이는 영웅의 모습을 보았는가?

여러분이 어떻게 느꼈건 에이해브는 선장은 예외적인 인물이다. 그는 영웅이기 때문이다. 그리스 비극의 영웅들과 계보를 같이하는 인물이기 때문이다. 그리고 우리는 그런 영웅의 시대를 살고 있지 않기 때문이다. 하지만, 동시에 그는 우리 자신이기도 하다. 우리 모두의 안에는 그런 영웅적인 모습이 숨어 있기 때문이다. 에이해브 선장의 영웅적인 결단과 행동의 모습을 보고 가슴이 뜨거워진 경험을 당신이 했다면 당신 속의 영웅이 이미 꿈틀거린 것으로 보면 된다.

사람 사회에는 집념으로 승리를 거둔 사람이 있기 마련이다. 또한 한 개인의 인생에는 집념과 도전으로 승리를 거둘 때가 있기 마련이다. 하지만 그보다는 패배가 더 많은 것이 인생이기도 하다. 그렇다고 패배를 당연시하고 체념하면 안 되는 것이 인생이기도 하다.

에이해브 선장은 자신이 택한 길이 파멸의 길인 줄 알고도, 자기가 하는 짓이 무모한 짓인 줄 알면서도 그 길로 갔다. 그리고 돌이킬 수 없는 비극적 파멸을 맛보았다. 그 길은 후회 따위는 없는 길이다. 승리냐 패배냐가 문제가 되지 않는 길이다. 우리가 파멸을 택한 그에게서 아름다움을 느낀다면 그건 바로 그 자신이 그 길을 택했기 때문이며, 최선을 다해 그 길을 갔기 때문이다. 중요한 건 승리냐 패배냐, 성공이냐 실패냐 하는 결과가 아니다. 그 길이 자신이 선택한 길이냐 아니냐, 그 길을 가면서 최선을 다했느냐 아니냐가 중요하다.

나는 학생들에게 자주 이야기했다. 자신 스스로 좋아하는 것을 찾아서 그 길을 가도록 힘써라. 하지만 그보다 더 중요한 게 있다. 이 세상에는 내가 좋아할 만한 일이 레디메이드(ready-made)된 채 나를 기다리고 있지 않다. 그보다는 내가 좋아하는 일로 만들어주길 기다리고 있는 일들이 있을 뿐이다, 라고. 어떤 일이건 내가 몰입하지 않으면, 집념을 가지고 매달리지 않으면 결코 내가 좋아하는 일이 되지 못한다. 그래서 무슨 일이건 목숨을 걸 정도로 몰입하는 모습은 아름답다. 하지만 한마디 덧붙인다. 목숨을 걸 정도로 몰입하되, 절대로 목숨을 걸지는 말라고. 에이해브 선장처럼 진짜로 목숨 걸 만한 일이 없기 때문이며, 역으로 목숨 걸 정도로 다시 덤벼들 일은 얼마든지 많기 때문이다.

허먼 멜빌은 1819년 뉴욕에서 태어났다. 스코틀랜드 혈통의 아버지 앨런 멜빌은 무역상이었으며 어머니 마리아 갠즈보트는 독립 전쟁에서 공을 세운 갠즈보트 장군의 딸이었다.

그가 13세 되던 해에 아버지가 빚을 남기고 세상을 떠나자 그는 학교를 중퇴하고 어린 나이에 은행에서 사환으로 일해야만 했다. 20세 되던 해에 수습 선원으로 배를 탄 멜빌은 24세 되던 해인 1843년에 해군에 입대했고 이듬해 전역했다. 그다지 긴 기간은 아니었지만, 당시 배를 탔던 경험들이 『모비 딕』을 집필하는 데 큰 도움이 되었다.

제대 후 몇 편의 장편들을 발표했지만 별 반응을 얻지 못했고 1851년 10월에 『모비 딕』을 『고래』라는 제목으로 영국에서 출간했다. 그리고 한 달 후 『모비 딕』이라는 제목으로 다시 출간했다.

멜빌 자신은 『모비 딕』을 자신의 걸작으로 생각했지만 처음 출간되었을 때는 문단에서 철저히 무시되었으며 독자들의 반응도 시원치 않았다. 허구와 사실, 서사적 이야기와 박물학적인 지식이 마구 뒤섞인 정체불명의 작품이라는 혹평을 하는 사람도 있었다. 그렇게 오랫동안 사람들에게 무시되었던 『모비 딕』은 멜빌 탄생 100주년을 기념하던 해에, 그러니까 그의 사후 30년 가까이 되어서야 문학 비평가들의 주목을 받게 되었고 미국 문학사에서 기념비적인 작품이라는 평을 받았다. 종교적 편견과 인종적 편견에 대한 상징적 표현, 철학적 성찰과 고래잡이 전반에 관한 사실적인 묘사가 두루 어우러진 복합적 텍스트로 이 소설을 간주한 것이다. 특히 윌리엄 서머싯 몸(William Somerset Maugham, 1874~1965)은 1954년에 발표한 에세이, 『세계 10대 소설과 그 작가들(Ten Novel And Their Authors)』에서 『모비 딕』을 세계 10대 걸작 중의 하나로 꼽았다.

문학평론가들은 오랫동안 흰 향유고래를 순전히 작가 상상력의 소산으로 보았다. 그런데 1952년 8월 21일 고래잡이배인 '앵글로 노르스'호가 55톤 무게의 흰 고래를 잡았으며 그 턱은 소설 속 모비 딕과 마찬가지로 눈썹처럼 휘어져 있었다.

한 가지만 더 말하자. 스타벅스라는 커피 체인점은『모비 딕』에 나오는 가장 건실한 인물인 일등항해서 스타벅에서 따온 것이다. 아마 미국인들이 제일 좋아할 만한 캐릭터일 것이라는 점에 착안했을 것이다.

『모비 딕』은 10여 편에 달하는 영화, 비슷한 수의 텔레비전 드라마로 제작되어 사람들의 사랑을 받았으며 만화로도 제작되었다.

멜빌은『모비 딕』출간 이후 소설과 시를 여러 권 출간했으나 크게 성공을 거두지는 못했고, 1891년 9월 28일 72세로 사망했다.

모비 딕

생각하는 힘: 진형준 교수의 세계문학컬렉션 38

펴낸날	초판 1쇄 2019년 5월 23일
	초판 2쇄 2024년 1월 13일

지은이	허먼 멜빌
옮긴이	진형준
펴낸이	심만수
펴낸곳	(주)살림출판사
출판등록	1989년 11월 1일 제9-210호

주소	경기도 파주시 광인사길 30
전화	031-955-1350 팩스 031-624-1356
홈페이지	http://www.sallimbooks.com
이메일	book@sallimbooks.com

ISBN	978-89-522-3981-5 04800
	978-89-522-3984-6 04800 (세트)

※ 값은 뒤표지에 있습니다.
※ 잘못 만들어진 책은 구입하신 서점에서 바꾸어 드립니다.